KEIGO HIGASHINO

東野圭吾

作品集——3

東野圭吾 陳祖懿 譯

迴廊亭殺人事件

回廊亭殺人事件

〈導讀〉

「推理」＋「小說」的優異呈現

【推理作家・第一屆推理評論金鑰獎潛力獎得主】林斯諺

近幾年來，東野圭吾這個名字對台灣的讀者來說已經不算陌生，隨著日劇、電影的改編，還有名作《嫌疑犯X的獻身》驚人的銷售成績，東野圭吾已經躍升為日本的大師級作家；由於作品風格不局限於單一模式，而且均匠心獨具，吸引了大量的讀者群，獲得空前的成功。

東野圭吾雖然寫了不少推理小說，但基本上他的作品類型十分多元，有很多作品甚至不是廣義底下的推理作品。縱然他的處女出版作兼得獎作《放學後》是本格推理小說，而早期也寫了不少本格推理的創作，但漸漸地，看得出他已經不想再被局限於類型小說的框架，而做了許多新嘗試，因而作品洋溢著豐富多變的色彩，尤其是晚近的作品，猶如百花齊放，令人咋舌於其創作彈性之大。

在台灣，東野圭吾作品的出版著重於他近期的作品，因此讀者可以清楚看見他多元嘗試的一面；而隨著作者名聲的水漲船高，中早期的作品也陸續被挖掘引進，讓讀者們可以逐漸窺知一名成功作家的創作演進過程。這本《迴廊亭殺人事件》是一九九一年的作品，以時間來看，算是比較早期的創作，走的仍是本格推理小說的路線。

故事以一名叫作本間菊代的老太婆的自述開始，菊代是一原家族的友人，前往迴廊亭旅館參加企業家一原高顯的守靈追悼與遺產宣讀。但讀者很快地便能發現，這名本間菊代是名叫枝梨子的年輕女人所假扮的。枝梨子的男友里中二郎曾在迴廊亭計畫與她一起殉情，但倖存的枝梨子懷疑自己與男友是被設計，有人想要殺害他們兩人，因而策劃了殉情之局；她認定兇手就在一原家族之中，因此打扮成菊代夫人前往迴廊亭調查。故事以雙線敘述展開，撲朔迷離、興味盎然，吸引人一頁一頁地翻下去。一敘述線描述假菊代夫人在迴廊亭與一原家族的接觸及互動，另一線則倒敘回憶枝梨子的心路歷程，說明她先前的殉情事件以及計畫復仇的過程與決心。當假菊代在迴廊亭設下陷阱引誘兇手上鉤時，竟然又發生了意料之外的殺人事件，這名女主角得一邊尋找兇手，同時還得遮掩自己的身分，防止警方起疑。

傳統的本格推理小說，因格式的限制，難免讀來比較枯燥無味，案件的偵辦過程佔了大半篇幅，容易令一般讀者心生不耐。但因為本格推理小說仍舊有一定的吸引力，因此當代的作者會採用不同的寫法來增加故事的趣味性與可讀性，這樣的作法已經不只是歷史演化的產物，也是創作潮流。而東野圭吾在本書中用了幾個方式來提升故事可讀性。

第一個當然就是交錯敘述，一條正敘，一條倒敘；在現在線的敘述當中，讀者因為不清楚過去發生了什麼事，懸疑感也應運而生；而適時的過去線插入，猶如抽絲剝繭般讓人恍然大悟，理解事件的來龍去脈。這種雙線交錯、過去與現在的交叉敘述，避開了單調的直線敘事方式，不但增加趣味性也增加懸疑性，讓整個故事的行進更為活絡。

二者，是倒敘推理與正敘推理的融合。我用正敘推理這個詞是指傳統的whodunit（以找兇手為主要目的的推理小說，字面上的意思就是「誰幹的」），這種小說形式為一般讀者所熟悉。而倒敘推理（inverted mystery）指的是以犯罪者的視點來敘述故事的推理小說，因為一開始就知道兇手的身分，剛好與正敘推理相反。這種推理小說有趣的地方就在於兇手與偵探之間的鬥智張力，讀者跟隨著兇手的心思，看偵探如何逼近兇手，兇手又如何巧妙地避開，雙方一來一往，弄得讀者一顆心也跟著七上八下。倒敘推理中偵探與兇手對決的臨場感要比正敘推理來得更強。《迴廊亭殺人事件》是一本whodunit，尋找陷害枝梨子跟里中二郎的兇手是一個找兇手的謎團，尋找中間牽扯出來的另一件謀殺案兇手也是一個找兇手的謎團（至於是不是同一個兇手，就留待讀者自己去發掘），這邊的設置完全符合whodunit的模式。而假扮菊代夫人的枝梨子與警方鬥智的過程，則符合倒敘推理的形式。因此在本作中，女主角除了追查設計她的仇人外，還得跟警方過招，這種正敘推理中結合倒敘推理的形式，可以說是這本小說中最顯眼的特色，給了讀者在閱讀上的雙重享受，增加了戲劇張力。

至於本書在推理元素的特點上，我認為有兩點，首先，主要是運用了「家族謀殺案」的設定。這種小說的特徵是故事人物以一大家族為主，描繪這些家族人物複雜的關係，然後兇殺的導因通常跟遺產有關。著名的作品如范・達因的《格林家殺人事件》、奈歐・馬許的《貴族之死》、橫溝正史的《犬神家一族》等等。《迴廊亭殺人事件》基本上可劃歸為這種家族紛爭殺人的小說類型。複雜的人物互動、近親間的愛恨情仇、大家族生態的描繪都是這類作品的特點。家族謀殺案的小說其實也就是一幅人性浮世繪，而東野圭吾在本作有不錯的刻畫描寫。

另一個顯著的推理元素就是死前留言（dying message）的使用。死前留言是指死者在死前留下指控兇手或者是透露重要線索的訊息。最近轟動一時的《達文西密碼》中就運用了這個橋段，艾勒里・昆恩的推理小說也經常出現這種設計。在《迴廊亭殺人事件》中，死前留言是個很重要的線索，讀者可以跟著一起動動腦，看是否能在真相揭曉前先一步找出答案。

總括來說，本書作為一本本格推理小說，推理表現是在水準之上的；而作為一本純粹的小說，故事是精采、懸疑、好看的。《迴廊亭殺人事件》為「好看的故事」配上「絕佳的推理」這種組合，作了最佳的詮釋與表現。

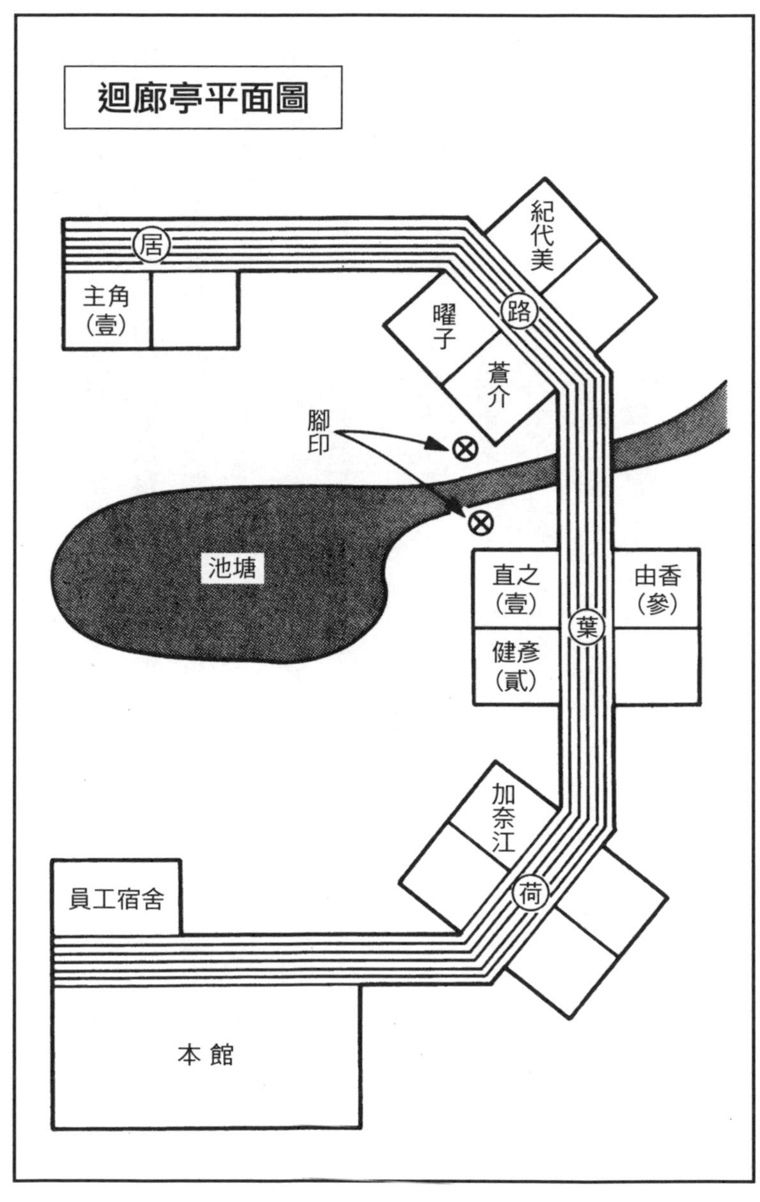
迴廊亭平面圖
居
主角
(壹)
紀代美
路
曜子
蒼介
腳
印
池塘
直之
(壹)
葉
由香
(參)
健彥
(貳)
加奈江
荷
員工宿舍
本館

1

我是一個老太婆，一個即將七十歲的老太婆……

出了剪票口，緊張的細胞才得以鬆弛。明明知道沒事，坐電車時，我還是戰戰兢兢地低著頭，生怕一抬起頭來就被人識破。對面坐著一位年輕學生，對我這老太婆毫不感興趣，自始至終埋頭看他的漫畫，但我還是擔心得不得了。

不能這麼緊張，一定要有自信。只要坦然大方就好了，大大方方就不會引人起疑。

售票機的旁邊有面鏡子，我若無其事地站在鏡子前端詳。看吧！不管怎麼看都像一個氣質高雅的老太太。

絕對要有自信，這是最重要的。

嗯，我在車站前張望。這個車站不大，有個賣彩券的攤販，沒有接駁公車。交通方便的話會帶來更多的觀光客吧？高顯先生常這麼說，不過他會再笑笑地說，這缺點也是它的優點。

計程車招呼站的招牌早已鏽蝕斑斑，真的會有計程車出現嗎？等了約十分鐘，果然有一輛計程車駛進招呼站。司機滿頭白髮，看起來精神不錯。

「請到一原亭。」我說。

「一原亭……好！知道了。」

司機按下計費錶，回過頭又說：「那家旅館沒營業了吧！您不知道嗎？」

「嗯，我知道。發生意外了嘛！」

「是火災，大概有半年了吧！詳細情形我也不清楚，不過那間旅館應該就是走霉運吧……」

看來這位先生很多話，口沒遮攔又滔滔不絕。他從照後鏡裡看了我一眼後說：「太太，您該不會是那家旅館的人吧？」他的語氣中帶了點試探的意味。

「我只認識老闆。」我答。

「是喔！那就不用我多說了嘛！」

「不過，我是第一次到一原亭。」

「我想也是。常去的客人不會叫它一原亭，而會稱它為迴廊亭。」

「迴廊亭？」

「聽說那旅館是好幾棟分開來的建築，有迴廊相連，所以大家才會那樣稱呼。」

「哦，原來如此。」

「那間旅館還滿有名的呢！雖然不能住太多人，但聽說有位很了不起的作家長期住在那兒。我們也想去住一晚，可惜沒緣分啊！」說完司機便開朗地笑了笑。

「附近的人常談起當時火災的事嗎？」

「是啊！畢竟是不尋常的事嘛！」話一到此，他突然改變了語氣又說：「也不會，其實我們根本不知道發生了什麼事。聽說旅館已經完全修好、恢復原狀了，您不用擔心。」

他慌慌張張地改口，大概一時疏忽差點說出八卦。要是被迴廊亭的人知道，肯定會招來白眼。

不久車子進入山區，未鋪柏油的山路持續蜿蜒著。人煙稀少，但參天的古木卻更加濃蔭。車子更深入山中，接著出現了幾條小岔路。各個岔路的入口處，豎立著各旅館的招牌。我們接連不斷地駛過一個又一個招牌，最後在山路的盡頭，出現了一個新招牌，上面寫著「迴廊亭」三個字，而招牌的角落寫著小小的「一原亭」。

我在旅館前下了車，但沒人出來。踏入純日式的玄關，我喊了兩聲。過了一會兒我聽到腳步聲，旅館女主人從右邊的房間走了出來。

我感覺到自己的身體不由自主地變得僵硬。這是第一道關卡，若過不了這一關就什麼都別提了。

女主人恭敬地將兩手放在膝前問道：「是本間夫人嗎？」

女主人的年紀大約五十歲左右，臉上化了濃妝，一副嬌豔欲滴的模樣，要說她三十多歲也不奇怪。我不由得升起一股嫉妒的感覺。

「是的，我是本間菊代。」保持強硬的姿態，我得維持符合外表年紀的衰老氣息才行。我一個人在鏡子前不停地反覆練習，不就是為了此時此刻嗎？雖然總覺得還差了那麼一點。

兩人之間一陣空白之後，女主人眉開眼笑地說：「久候您的大駕光臨。那麼遠的旅途，您辛苦了。」

望著她的表情，我有種勝利的感覺。女主人未有絲毫起疑。

脫下鞋進入旅館後，女主人一臉親切地笑說：「馬上就帶您進房間。我們奉命為您準備了一個很好的房間。」

「不好意思。」說完我低下頭，持續微笑著。「有關房間的部分，我有個不情之請。」

「啊？」女主人一臉吃驚的表情說：「您有何要求嗎？」

「一個小小的要求。」我微笑低著頭，又裝腔作勢地抬起頭說：「外子之前住過這裡，跟我說過從他當時住的房間往外看，景觀非常棒，因此叫我來時也一定要住那間。」

「是嗎？這樣的話，我們就依您的吩咐安排房間。請問是哪間房？」邊說，女主人的眼角邊露出些許不安。

「我先生說是『居之壹』。」

我一說完，她明顯地驚慌失措。「是『居之壹』嗎？如果您希望住那間是無妨，不過……」

此時，女主人的腦海裡一定亂糟糟地不停打轉。該靜靜地聽客人的請求呢？還是先說清楚，免得日後節外生枝？「居之壹」正是她頭痛的癥結，我決定暫且解除她的煩惱。

「您是介意以前發生過的事，是吧？沒關係的，這我都清楚，但我還是想住『居之壹』。我聽計程車司機說，旅館已經重新裝潢過了，不是嗎？」

救援奏效。女主人放心地小聲嘆息道：「是的，原來您已經知道了。真的可以嗎？重新裝潢後，那兒還沒人住過呢！」

「我要是介意那種事的話，早活不到這把年紀囉！請帶路吧！」

女主人終於點頭答應。「好的，這就帶您去。當然，『居之壹』早已收拾乾淨，隨時都能住。」

「很抱歉，提出這麼無理的要求。」我稍稍鞠了個躬。

女主人帶路，朝房間走去。其實即便她不帶路，這個地方我也十分熟悉。旅館中間有個中庭，呈四合院的建築樣式，別館與本館相連。從距離本館最遠的一棟起，分別取名為「居」、「路」、「葉」、「荷」，其中的房間分別取名為「路之貳」、「葉之參」等等。而我要求的「居之壹」則是位於最裡面的邊間。

從本館到別館，有條長長的迴廊通道，迴廊的兩旁有幾扇窗戶，可以眺望四周景色。從本館走到最深處「居之壹」的路上，左手邊有個中庭，迴廊便以逆時針方向蜿蜒。中庭裡有個大水池，迴廊其中一段就是跨越水池的橋樑。

穿過幾棟建築物後，我們走到最裡面的「居」棟。這一棟有兩個房間，面對中庭的就是「居之壹」。女主人走在前面領我進入房間，頓時，我聞到一股新裝榻榻米的味道。

「讓我把窗戶打開，讓空氣流通一下吧！」

女主人也發覺空氣裡滲著草蓆的味道，然而我還是婉拒了。因為現在是三月，外面的空氣還很冷。最重要的是，我希望盡快一個人在「密閉的房間裡」獨處。

女主人將房裡的設備、電話的使用方法以及隨時有熱水洗澡等等大致說明了一下，禮貌性地說了聲「請休息」後即欲告退。我向她鞠了躬之後連忙叫住她：「請問，一原家的人還沒到嗎？」

「是，還沒到，不過應該快了。他們訂的晚餐是六點半。」

我看了看手錶，時間才剛過五點。

「晚餐前您可以先去泡湯。這會兒公共浴池裡沒人，一個人泡湯可舒服的呢！」

「哦！真的嗎？那我非去不可囉！」儘管嘴裡這麼回答，但這次我是進不了大眾池的。

女主人再度道了聲「請好好休息」，隨即離去。等完全聽不到她的腳步聲後，我趕緊把木門鎖上。

拉開了和式紙門、步出走廊，我透過玻璃窗眺望四周的景色。除了樹葉的顏色從秋天換成了春天之外，其餘的景色，大致和那天沒有兩樣——我記憶中那幸福無比的一天。然而，此刻我的心情又如何呢？可以說宛如從一塊烏漆抹黑的抹布裡，擠出了一滴滴的髒汙與惡臭。

回到房裡，拉上紙門，這麼一來才不會有人瞥見我的身影。一想到這裡，我不禁全身無力，渾身癱軟地跪了下來。總算走到這一步了！想到接下來的事，我堅強地告訴自己絕不能就此氣餒，我必須繼續奮戰下去、堅持下去。

我拉過皮包，取出一面鏡子，戰戰兢兢地瞄了一眼。圓圓的鏡片裡，映著一張白髮蒼蒼的老婦面容。兩頰鬆弛、眼尾堆著一條條深深的皺紋，怎麼看都像是年過六旬的老太婆吧？鏡裡的容顏再度讓我鼓起勇氣，但不可否認，此刻我的心情感到特別孤寂落寞。

女主人說晚餐是六點半，到時，一定會碰到一原家的人。在高顯先生的告別式上，我以這身裝扮出現過，當時會場一團亂，應該沒人注意到我，但今天可就不一樣了。

晚餐之前最好再補補妝。補妝之前，最好先洗個澡。晚餐時，若有人邀我共浴，也好藉此婉拒。

進入浴室，我先在浴缸裡放熱水，然後站在洗臉盆前卸妝。眼前一張老太婆的臉，在模糊中逐漸退去，下面是年輕的肌膚，三十二歲的肌膚。

卸妝過後，我陷入另一層憂鬱，因為這已不是原來的我。我身上只有一部分的皮膚是正常的，其餘都是手術植皮過後的痕跡。不知是哪個大學教授在電視上說的，現在整形外科技術相當進步，所以就算沒變裝，我想能認得出我的人可能也不多。

我小心翼翼地拿下假髮，那頂乳白色的漂亮假髮。最近，有很多專門製作女性假髮的公司，只要肯花錢，任何需求都可以接受訂製。我拿著本間菊代夫人的相片去，表明要這樣的假髮，宣稱是拍電影要用的，那個公司的人也毫不懷疑地就答應了。

其實，我本來是想染自己的頭髮，因為不知道假髮會在什麼情況下走光。我若無其事地請教美容師，他說走光也不是完全不可能。所以，把我的頭髮漂白兩次，使它看起來像淡淡的金髮，然後在金髮上染一層淺藍色，就可以勉強算是一頭銀髮了。我狠下心照著美容師的話做，卻換來悲慘的下場——頭髮確實是染色了，但卻毀了髮質，連頭皮都潰爛了。儘管染了藍色，卻和自然白髮相差十萬八千里遠，逼得我不得不把頭髮全部剃光。

最後只好戴上假髮，沒想到結果竟然比想像中要自然許多，我想不知道的人，應該也看不出來吧？早知如此，一開始這麼做就好了。

浴缸裡的熱水滿了，我脫下和服，全身赤裸地站在鏡前，茫然地望著一個三十二歲瘦削女人的胴體。我轉過身，回頭看著背脊，背上也是一條條醜陋的燒傷痕跡，像是貼了一張島嶼地圖。我無法忘記，也永遠都無法消去心中的怨恨。

我把整個身體浸在浴缸裡，手腳伸直。我要趁著現在放鬆一下，因為今後我可能再也不會有這般舒適的心境了。

我用雙手仔仔細細地撫摸著身體各處，當手指碰觸到那貧瘠的胸部時，一股沉甸甸的感覺，從心底不斷蔓延開來。曾經溫柔地吸吻過這個乳頭的男人，只有他一個。

二郎！我的二郎！

我忘不了與他相處的朝朝暮暮，那是我一生當中最快樂的時光。

我甩了甩頭，想甩掉腦海裡的一切，因為那段最棒的回憶裡，緊緊繫著我最痛苦的記憶。

如地獄般痛苦的一天。

2

我做了一個惡夢。不記得內容了，只知道是一場可怕的惡夢。我不斷地囈語。

大概是有人叫我，我才醒了過來。張開眼，看到一張護士面孔。

「桐生小姐、桐生小姐。」

護士輕聲呼喚我的名字。模糊的意識裡，我漸漸了解自己在醫院裡。

「這是……哪裡？我怎麼了？」好不容易擠出的聲音，嘶啞得連我自己都不敢相信。

護士一臉同情地搖搖頭說：「妳不記得嗎？發生了不幸的事。不要緊了，醫生已經幫妳動了手術，妳很快就會復元的。」

不幸？手術？我不懂護士說的話。

我想坐起身，但全身刺痛無比，根本無法動彈。

護士慌張地幫我拉好被單說：「不要勉強，醫生馬上過來。」

「為什麼……」正想開口問時，我這才發覺自己的臉上包著繃帶，繃帶的下面異常疼痛。

「啊，我的臉……怎麼了？」

「沒什麼，不用擔心。妳鎮定一點。」

「讓我看，我的臉怎麼了？」

我開始抓狂，護士趕緊哄我：「沒關係、沒關係的，已經處理好了，不用擔心。」

這時主治醫生到了，他和護士兩人合力勸我鎮靜下來。一看到男人的臉，我立即想起另一件事。

「哦！對了，二郎呢？二郎在哪裡？他應該跟我在一起的。二郎……我要見二郎！」

「鎮靜點，不要激動。」戴眼鏡的醫生嚴厲地說。

我稍微恢復鎮定，感到全身無力。「到底發生了什麼事……」

「妳完全不記得嗎？」醫生不悅地說，並要我自己去回憶事情的來龍去脈。

我開始探索自己的回憶。模糊的黑暗當中，浮現一塊塊的紅點，紅點逐漸擴大，變成燃燒的火焰，火焰逐漸將我吞沒。熱氣、煙霧、然後是建築物倒塌的聲音。我旁邊好像有人。二郎，我大叫抱著他。即使我的身體被燒焦，也一定要保護他。

我從回憶當中漸漸甦醒過來，終於想起發生了什麼事。

「他呢……跟我在一起的男人怎麼了？」我看著醫生。

戴著眼鏡的他搖了搖頭，然後撇過臉去。我了解了。

「真的嗎……」我把臉埋在枕頭裡，不想讓人看到我悲慘的樣子，但還是不爭氣地放聲哭了。幸好醫師和護士沒再繼續對我說那些安慰卻毫無意義的話。

兩天之後，我見到了里中二郎的屍體。讓我去認屍的不是醫院，而是警方的人。當時我已完全冷靜下來，並客觀地分析了當晚所發生的一切，所以當警方來找我時，我並不感到意外。

「妳認識里中二郎？」繃著臉的中年刑警，坐在床邊，用例行公事的口氣問我。他毫不客氣地直呼二郎的名字，讓我感覺很不舒服。

「認識。」

「你們是什麼關係？」

「男女朋友。」接著我又說：「他對我而言是很重要的人。」

刑警只是輕輕地點了點頭。

「那天晚上，里中二郎到妳房間是幾點？」

「我不清楚，大概半夜了吧！」

「為什麼不清楚？」

「我在睡覺。」

「這麼說妳不知道里中要來囉？」

「對，不知道。」我斬釘截鐵地回答。這一點我該如何回答，在與刑警會面前傷透了腦筋，但最後還是決定這麼回答最好。

「可是，妳應該告訴過他要來住迴廊亭吧？」

「是的。」

「里中來了之後，妳和他說了什麼嗎？」

「沒有。」

「那麼你們見面之後做了什麼？」

我故意默不作聲。意圖產生的心理效果，順利地騙過了刑警。或許他認為我迷迷糊糊的，可能也記不清了。

「這一點以後再說。火災的事妳記得嗎？」

「記得片段。」

「那麼，請說說妳記得的部分。」刑警將兩腿交叉，用手比劃了一下。

「我睡著了，突然感覺到很熱，張開眼發現四周被火團團圍住。我根本不知道怎麼回事，只知道要趕快逃出去，但究竟是如何逃出去的，我也記不清楚。」

講到這裡，大部分都是真實情形。

「當時，里中二郎在妳旁邊嗎？」

「在，就睡在我旁邊。我覺得奇怪他為什麼會在這裡，但沒時間多想。」

「原來如此，那麼……」刑警又看了我一眼後說道：「那現在呢？妳知道為什麼里中睡在妳旁邊了嗎？」

我垂下眼，過了一會兒再抬起來望著刑警說：「嗯，或許……和失火有關吧！」

「看來是錯不了。」刑警點點頭繼續說：「我們認為里中在妳房間裡縱火，再喝下毒藥自殺。」

跟我所想的一樣。警方果然會解釋成一切都是里中二郎自己策劃的。

「他為什麼……非得自殺不可呢？」

我這麼一問，刑警打算繼續，眨了眨眼、抓了抓後腦勺後說道：「其實，里中在前一天發生了車禍。」

「車禍？」

「肇事逃逸。他在距離住家幾公里的國道上撞倒一位老人，老人撞到頭，沒多久就死了。」

我緘默不語。

「車禍現場發現車子的鈑金碎片，我們查出車種，跟丟在迴廊亭旁邊的里中二郎的車子一樣。我們立刻展開調查，認為那屬於同一輛車。」

「總之，他撞死人逃逸，然後畏罪自殺……」

「應該這麼說，他擔心遭到逮捕，心生恐懼。我們再回到剛才的問題。」

他要我好好地回答，還故意將聲音提高。「里中二郎半夜跑到妳房間，對妳做了什麼？妳老實講。」

我舔了舔嘴唇，小心應對著警方的招數。要是不慎被逮到小辮子，一切的計畫就泡湯了。

刑警接著說：「我們聽妳的主治大夫說，妳被抬到醫院時，頸子上有內出血的痕跡。這一點，妳可以一併說明嗎？」

我輕輕閉上眼。原來警方連這個都知道了？既然如此，我也不用再故弄玄虛了。

「我不清楚。」我輕輕搖了搖頭，將兩手覆在綁著繃帶的臉上，打算扮演一個為愛所苦的年輕女孩。「我睡到一半，突然……突然覺得很痛苦，才發現脖子被勒住了。」

「妳看到對方的臉了嗎？」

「沒有。當時很暗，我睜開眼睛時已經意識模糊。」

「是嗎？」

刑警露出明顯失望的表情。如果我現在說出對方是里中二郎的話，他的工作就完成了百分之九十九，然而我說沒看清楚對方的臉，所以這不能算是關鍵的證詞。

一會兒，刑警又打起精神說：「很遺憾，不過目前的結論是——里中二郎打算帶著妳一起自殺。」

我默不吭聲。這也在我預料之中，不過如此淡然接受，未免也太不自然了，我趕緊又激動地放聲大哭。

「很遺憾！」刑警又說了一次。

我要看里中二郎的遺體，警方說沒必要，但我堅持要看。因為若不經過親眼證實，我就無法下定決心。

二郎的遺體放在警方的停屍間裡，大概已經做過解剖了。雖然我臉上還綁著繃帶，不過已經可以下床走動。但是醫生還是不放心，因此叫當班的護士陪我一同前往。

「里中發生肇事車禍，據說是前一晚的八點左右。」在車裡，刑警對我說：「之後，我們不清楚他的行蹤。依目前證據顯示，只能確定他去了一趟任職的汽車修理廠，然後才去妳住宿的旅館。他偷偷進入妳房間的時間，大概在兩點左右。」

「那天晚上我十一點上床睡覺。」

刑警點點頭。「妳說過他來時妳在睡覺，所以他先把妳勒斃，確定妳不會動了，才在房裡縱火、喝下毒藥自殺。一般人車禍肇事，對未來絕望、企圖自殺，也不是什麼希罕的事。帶著家人或心愛的人殉情也一樣。」

「他喝了什麼毒藥？」

「氫酸化合物。我們推斷他去工廠就是為了把藥偷出來，汽車修理廠本來就有很多氫化鉀這種東西。」

「他為什麼不叫我也一起喝藥自殺呢？」

「因為妳在睡覺吧！與其叫妳起來，還不如直接勒斃妳比較省事。」

省事？這樣的選擇終究是錯誤的。可能他勒頸的方法不對，因為我沒有死，只是一時昏迷。雖然我還被火團團圍住，卻還是活了下來。

「趁早忘了吧！」刑警這麼說，像是替整體事件做了個了結。也許是同情我吧？

停屍間位於警察署的地下室，那是一間幽暗而滿是灰塵的房間。

兩位員警搬來一具小型的粗糙棺木。「幸虧火滅得早，燒傷的面積不大，臉部幾乎沒被燒到，否則我們不會讓妳看的。」

此時我已經無心再聽刑警說話，只是頻頻往棺木裡窺覷。

那就是里中二郎的屍體。

終於，我心頭繫著的一根細線，發出絕望的斷裂聲。我癱軟地跌倒在地，完全聽不到刑警們在說什麼……

我心裡想不要哭，淚水卻止不住地流了出來，然後像少女般哇哇大哭。哭泣的我，心底發出陣陣哀鳴，一聲聲別人聽不見的哀鳴。

里中二郎被殺害了。

我的二郎不在了。

3

洗好澡、穿上衣服，我開始小心翼翼地化妝……或許應該說是變裝吧！數不清重複練習過多少遍，從臉部細微的染色位置到形狀，我都能正確無誤地一再掌握。

今後最好別再完全把妝卸掉。雖然已經習慣了，但這種變裝必須從零開始、重新來過，少說也要一個鐘頭，而且說不定會有人突然闖進來。

化妝成老婦人以後，我又打開和式紙門眺望外面的風景。半年前來這裡時，我記得也是這樣欣賞風景的。當然，那天我是以真正身分——桐生枝梨子的名字住進旅館的。

當時在我身旁的是一原高顯先生。記得高顯先生還將他瘦骨嶙峋的手搭在我的肩上，喃喃自語地說：「我可能是最後一次看這裡的風景了。」

「會長，您可別說這種洩氣話呀！比您年紀大的，還有很多人在職場上打拚呢！」

聽我這麼一說，高顯先生一臉孤寂地自我安慰著：「是啊！還要再撐一撐。」他一副看透世事的表情，大概已經知道自己來日無多了。

想到這裡，突然有人敲門。打開門，一原蒼介就站在外面。

「啊，對不起！我們遲到了。路上有點塞車。」

神經質的表情堆著僵硬的笑容，瘦削的男子彎腰行禮。他應該算是中老年人了，但一頭濃密的黑髮往後梳，看起來像是不到四十歲。

我也堆著一臉假笑低下頭說：「一原先生，承蒙您招待我來這麼棒的地方，真是感謝。」

「哪裡、哪裡，請您好好享受這裡的溫泉。」

「大夥兒都到了嗎？」

「是，我家人都到了。如何？可以請您去大廳嗎？吃飯時間快到了。」

「這樣啊……那我去打個招呼吧！」

拿起皮包，我隨著蒼介一同走向大廳。我們漫步在迴廊上時，他開始談起本間重太郎的事。這號人物是他的亡兄一原高顯的好友，也是我所化妝的本間菊代的丈夫。

「本間先生去世時，家兄非常傷心，他說還有很多事情要請教本間先生呢！我也從家兄那裡聽了很多有關本間先生的事，對他相當尊敬，他過世了真讓我覺得很可惜。」

尊敬什麼？真可笑！因為企業家兄長的幫忙，讓他當上了大學教授；像蒼介這種不懂知恩圖報的人，怎麼可能了解本間先生對高顯先生而言有多重要？如果他真的了解的話，至少應該去參加本間先生的告別式吧！

可是，這種內心的想法我隻字未提，只是裝出一副誠惶誠恐的表情說：「您這麼想，他一定很高興。」

「真的，本間先生的過世對家兄的打擊很大。您也知道，本間先生去世不到一年，家兄就病倒了。」

「真的耶！咦，他住院多久……」

「一年又兩個月。他是個意志堅強的病人，這是我事後才聽醫生說的。期間發生了很多事，讓他公事和私事兩頭燒。」

「對了，發生火災時，高顯先生好像也住在這裡？那件事大家都很震驚吧？」

「沒錯，大夥兒都被那件事累垮了。失火的地方就在『居之壹』……」說完，蒼介才發現火災就發生在我現在住的房間，於是又慌張地解釋道：「哦！我們已經做過法事超渡過了，別擔心。」

「我一點也不介意，更高興能住在這麼好的房間。」

「不好意思。」

到了大廳，看到一原家族的人，大夥兒正把大廳當作自家客廳休息。他們分兩張桌子坐，蒼介走近其中一張，那張桌子旁坐了一男一女。兩人以前我都見過，只是他們可能沒見過名叫本間菊代的女性。

蒼介介紹過我之後，坐在前面的男子起身說：「我們聽家兄說過了。勞駕您大老遠跑來，辛苦了。」

「這是我弟弟直之。」蒼介在一旁介紹，「目前在家兄的公司裡任職。」

「我知道。令兄過世後，很辛苦吧？」

「是啊！不過總是要繼續的。」

實際上，這個男的繼承了高顯先生的事業。以前他在美國分公司時我也見過兩、三次，但那是很久以前的事了，我想他不可能記得沒化妝過的我。就算記得，現在的我動了外科整形手術，又變裝成老太婆，他不可能認得出來。不過，我得特別留意這傢伙。他和高顯先生是同父異母所生，年齡相差二十幾歲，但和哥哥一樣眼光犀利敏銳，以前在公司時就常聽同事們談起。

「其實我以前見過夫人。」

直之端正的臉龐上露出穩重的笑容，我聽了嚇一跳。

「哦……是嗎？」

「替本間先生守靈時。我延後一天回美國，穿著便服就跑去了，但那天不方便與夫人打招呼。」

「原來如此。真不好意思，勞您特別延後行程。」

完全沒料到直之參加了本間的守靈之夜，我全身直冒冷汗。

「哪裡，我在美國收到夫人寄來的回禮，真是謝謝！我直到今天都還珍藏著呢！」

「一點小意思……」

他說的東西好像是奠儀回禮，但菊代夫人送的究竟是什麼？我完全沒有概念。最好還是趕快換個話題。管他的，要是不行的話，就推說年事已高，不記得了。

正當這麼想時，直之又說：「不過，夫人跟以前我所見過的樣子不太一樣，比較健康。對了，感覺比較年輕。」

「咦？哪裡、哪裡，沒那回事。這把年紀了，連照個鏡子都沒勁兒。」

我假裝老女人害羞的表情，應該騙得過去吧？我知道自己的聲音很不自然。真的要小心這個男人。

「本間夫人，這位是紀代美，高顯下面我們還有位二哥，她是二嫂。」

幸好這時候蒼介插了嘴。我稍微寒暄過後，紀代美一動也不動地坐著點點頭。她的丈夫比高顯先生早三年過世，因此斷了與一原家直接的關係，不過她和丈夫在世時一樣，很愛擺架子。也可能是嫌我和直之的對話很囉唆，自己被冷落了，所以感到不高興吧？

蒼介再把我帶到隔壁桌，那裡坐著三個女人、一個男人。

「這是我妹妹曜子。她先生因為工作的關係沒辦法前來。」

蒼介先介紹這桌最年長的女性。她年紀大概剛過四十，看起來有點洋味，長髮染成褐色，但與本人的氣質頗為搭調。曜子站起來，有禮貌地鞠躬說：「您好，請多多指教！」

「哪裡、哪裡，不敢當！」

這位曜子和直之與高顯和蒼介是不同母親所生。雖然是手足，年齡卻差很多。

接著蒼介伸出手，向我介紹兩位年輕女孩道：「這位是曜子的女兒加奈江，這位是紀代美的女兒由香。」

由香微笑著說了聲：「您好。」加奈江則點點頭說了聲：「請多指教。」由香圓潤豐盈，給人富家千金的感覺；相對的，加奈江則是另一種野性美。兩人恰巧是相反對比，但全都是美女。我在心裡告訴自己，嫉妒這種千金小姐沒什麼意義，還是扮演一個氣質優雅的老太婆向她們寒暄吧！

最後剩下一位年輕男士，沒等蒼介介紹就自動起身說：「我是一原健彥，目前從事戲劇工作。」

他的聲音宏亮，外表給人正派青年的形象，不過我從以前對他的印象，就覺得他只不過是個頭腦簡單、四肢發達的人。戲劇工作也是說得好聽，其實不過是聚集一些酒肉朋友胡亂演一通罷了。那種工作沒辦法養家糊口的，而且實際上，到目前為止他還是依靠老爸的供養。

「這是小犬。已經二十七歲了，還定不下來，真傷腦筋。」

蒼介一副溺愛兒子的表情。他自己一直仰賴著高顯先生，對兒子的不成材，似乎也並不在意。

曜子挪動了一下椅子後，我不客氣地坐了下來。蒼介一副任務完成的表情，回到自己的座位上。

「難得你們親戚相聚，我這外人夾在中間真不好意思。」

我說完，曜子接著搖了搖手說：「沒有的事。我們經常見面，難得有客人加入，改變一下氣氛很好啊！」

「真的嗎？」

「是啊！您別在意。」

「像我，這次如果是單純的家族旅行，我才不來呢！」加奈江看著由香和健彥，調皮地說：「這家旅館我早就住膩了，附近又沒地方可以去。要不是有大事，我才不來呢！」

「我很喜歡這家旅館唷！來幾次都沒關係。」

「健彥，只要由香在，你哪裡都好吧？」

加奈江瞪著眼說出聽起來像是奚落的話，健彥本人嘻嘻地笑著，由香則一副無動於衷的表情。我察覺出這是年輕男女之間的糾紛。

「總之，」加奈江繼續說：「沒有重要事情我是不會來的。由香，妳也很在意這件事吧？」

「我無所謂，反正在意也沒有用呀！」由香的眼睛盯著膝蓋上翻開的雜誌。

「是嗎？我認為這可是重大事件。那麼大筆的遺產要怎麼分呢？明天就會揭曉了，這跟我們的未來有很大的關係呢！可以說是一生當中最重要的事。跟這個比起來，結婚算哪根蔥啊？」

「加奈江，不要再說了，不像話！」曜子忍無可忍地小聲警告。

與其說是母親糾正年輕人言行輕率，不如說是她不想讓人瞧見他們貪婪的意念。加奈江聳了聳肩，輕輕地吐了一下舌頭。

4

我記得高顯先生第一次談到遺囑，是在他住院以後一個多月的事。某次我與他在病房裡閒話家常時，他主動提起此事，說差不多應該準備了。

「您喪失鬥志我可是會很傷腦筋的唷！」我故意用樂觀開朗的語氣說著。「不過我贊成您預先立下遺囑，雖然可能幾十年以後才會用得著啦！」

他微笑著對我的鼓勵心領神會，接著說：「遺囑的內容，大致上已經決定了，只是有些大問題，可能需要一再修改。」

「當然。」

「或許會麻煩到妳，妳最好要有心理準備。」

「好的。」

這「麻煩」兩字，當時我還無法了解真正的含意，但也沒多想。我想對高顯先生而言，指的應該是公開遺囑的時間吧？過了幾個禮拜之後，我才知道不是。

「我一行遺囑都還沒開始寫，現在講這些或許很奇怪，不過我堅持在某些條件下，遺囑才能公開。」

「什麼？」

「第一，為了避免情況更加混亂，我死後一個月內遺囑不得公開；其次，一定要相關人等全部到齊，才能公開。不相干的人不可以在場，人沒到齊也不可以，不過可以找代理人。」

「沒看到遺囑內容，怎麼知道跟誰有關、跟誰無關？」

「只要事先把相關人等的名字告訴古木律師不就好了嗎？大家集合的地點就選在迴廊亭吧！在那裡就不必顧慮會有其他雜音。」接著一原先生一臉落寞地說：「我打算把墓地選在八澤溫泉。妳知道吧？那個小廟。」

「嗯，我知道。」

「那間寺廟就在迴廊亭的前面，公開遺囑之前，或許大夥還會來為我拈炷香吧？」

我認為他選在迴廊亭公開遺囑，主要的目的就是為了這個。他擔心大夥兒只惦記著遺囑，而忘了他這位立遺囑的人。與高顯先生長年相處下來，我知道他內心的脆弱。

「除此之外，最重要的遺囑內容很傷腦筋。」他躺在床上不停地抓頭。「不管怎麼說，都是一群與我不親密的家人，這種時候，要是有個老伴在身邊就好了……可惜，現在想再婚也……」

我馬上就聽出他話中有話，但我能說什麼呢？此時不管說什麼，聽起來都很虛偽，因此我只能緘默不語。從此之後，他也不再提起。

5

「讓各位久等了！晚餐準備好了，請移駕到餐廳吧！」

聽到女主人的聲音，我不禁回過神來，蒼介全家也興致勃勃地各自起立。

「那麼，我們走吧！」曜子催促著，而我輕喊一聲「嘿咻」，才慢慢站起身。

為晚餐所準備的房間是一間寬敞的和式房，剛好夠整個家族一起用餐，而桌下的榻榻米是鏤空的，可以讓腿部舒服地伸展。這是一原高顯的提議，如此一來可以減輕外國客人坐榻榻米時的痛苦。

蒼介一副理所當然的表情坐在上位，其他人就隨便挑了個喜歡的位置坐下。我原本想坐在最角落，但直之堅持要我坐中間一點，因此我只好又挪了一個座位，結果他卻坐在那個空出來的地方。我很不想坐在他旁邊，不過也沒辦法了。

沒什麼特別慎重的開場白，大家紛紛開動。今晚是西洋懷石料理，但除了純和式料理外，也有一些西洋作法的肉品，兩者搭配得宜。酒類一開始我們喝啤酒與清酒，但之後應女孩們的要求拿出了白葡萄酒，我也喝了一點。

計程車司機說得沒錯，現在的迴廊亭處於休業狀態，除了發生火災，又碰到經營者一原高顯先生去世，歷經了一連串的災難。除了女主人之外，其餘員工全都到附近的大飯店工作去了。這次一原家的親戚聚會，是特別向那些飯店商借廚師的，所以人手不夠，每當上菜時都是由女主人親自出面。直之總會乘機與女主人寒暄兩、三句，而女主人也親切應答。

「關於旅館的繼承問題，她心裡也很在意吧？」女主人身影消失後，曜子話中帶刺地說。

「那當然！這會決定她以後的雇主呀！搞不好還會被解雇呢！」蒼介一邊用筷子將食物送進嘴裡、一邊說。

「以旅館女主人而言，真穗女士可是相當稱職的唷！不管以後誰經營，我想她都不會被解雇的。」直之替她辯解著，我因此想起了女主人的名字叫作真穗，姓小林。

「只有直之繼承這個迴廊亭，真穗才能高枕無憂吧？」蒼介有些悻悻然地回答，但他應該認為直之不可能繼承迴廊亭。

「我又不想經營旅館。」直之口氣略帶不悅，一口氣乾掉了清酒。我趕緊幫他添滿。

「她不就是那個嗎？高顯大哥以前的老相好嘛！」曜子壓低著嗓門。

「哦？真的嗎？」不想錯過這話題似的，加奈江趕緊插嘴進來。「是喔！我都不知道耶！什麼時候的事？」

「很久以前的事囉！」曜子說。

「高顯大哥也不是特別喜好女色，只是做一般男人會做的事罷了。你說是不是啊？直之。」蒼介開口說道。

「以前的事我不清楚。」蒼介似乎希望直之附議，想不到卻是熱臉貼冷屁股。接著直之繼續說：「就算是真的，與她旅館女主人的交際手腕也不相干呀。」

「我也這麼認為。」

這時，紀代美突然發言道：「今天晚上可不可以不要談這些俗不可耐的話題呢？」接著她一口喝完白葡萄酒、自言自語地故意說：「嗯，好喝。」

曜子似乎對紀代美的反應感到很不舒服，臭著一張臉。

「我還以為伯父要是再婚的話，對象會是那位秘書呢！」

我聽了以後嚇了一大跳，這話竟然是出自一直沉默的由香嘴裡。其他人也很驚訝。

「由香，」母親紀代美立即制止她，「別說了。」

「哎，有什麼關係嘛！假裝清高地聊著故人的往事，那多無趣啊？」

曜子由於紀代美剛才的嘲諷，立刻反擊道：「我還滿想知道的。妳說的秘書，是指桐生枝梨子嗎？」

「是啊！沒錯。」

「可是他們不是年齡差很多歲嗎？她才三十出頭吧！」

經曜子這麼一說，加奈江兩眼發亮地加入討論。「媽，妳落伍了，最近流行嫁入豪門。想要嫁給老頭的女人可多著呢！」

「由香，妳憑什麼這麼說？」

蒼介這麼一問，她垂下長長的睫毛開口道：「我是親耳聽伯父說的。他說要是能早十年遇見她，就跟她求婚了。雖然聽起來像是開玩笑，可是我認為那是他的真心話。」

這句話不禁讓我心煩意亂，在座的人也感到震驚，開始議論紛紛。

「大哥有這麼說嗎？我怎麼沒注意到？」蒼介裝腔作勢地兩手抱胸，喃喃自語著。

「這麼說來，也並非毫無跡象。」

曜子彷彿想起什麼似的，一直點頭說：「瞧他倆的樣子，就覺得超出社長與秘書之間的關係。桐生小姐可能像加奈江所說的，妄想嫁入豪門。反正有年輕女孩作陪，大哥也會覺得滿享受的嘛！」

「是嗎？我也見過她幾次。老實講，若是論女性魅力，她可能是零啃！」

胡說八道的健彥才是ＩＱ零蛋。瞧他一副傲慢自大的樣子，我真想朝他一棒子轟下去。

此時女主人小林真穗走了進來，談話便突然中斷。話題要是就此打住就好了，但真穗出去之後，蒼介又老話重提。「直之，你沒聽過什麼風聲嗎？我指的是大哥和那位叫桐生的秘書。」

哥哥這麼一問，直之抬起頭說：「他的確暗示過。」

蒼介手裡拿著酒杯說：「暗示什麼？」

「再婚的事。」

「再婚？什麼時候？」

「一年前吧！」

「那不是大哥住院以後的事嗎？他自己活得了、活不了都不知道了，真不懂他在想什麼！」

「不，他知道自己剩餘的時間不多，才認真地考慮再婚吧！個性堅強的大哥，也有脆弱的時候，也許他是希望有個枕邊人替自己送終。」

「原來偉大的伯父，也不過是個普通男人嘛！」健彥輕蔑地搖搖頭。

哼！你們懂什麼？我心裡不免大罵。他的苦可不是你們這些窩囊廢能懂的。

「如果大哥真有那個意思，也不會讓對方為難的，譬如說只是形式上的結婚，那個女人就可以繼承大哥的遺產。」曜子一副頗為理解的表情。

蒼介低聲自語地說：「原來如此。」再看著直之問道：「所以大哥是怎麼跟你說的？」

「他問說那種形式的再婚，我的意見如何？所以我覺得他好像有對象了，進一步刺探後，發覺大哥好像在考慮桐生小姐。」

「真的嗎？那你怎麼回答？」

「我當然回答：『你喜歡就好』，不然還能怎麼回答？」

直之說完後，蒼介就露出一副不以為然的表情，低頭沉默不語。如果問的是蒼介，答案一定會不一樣。

「要是真的再婚就不妙了。」加奈江以開朗的口吻突兀地說：「不是嗎？如果伯父真的讓桐生小姐入籍，那大部分的財產就會跑到她那兒去了。那樣一來，就不會有今天這種聚會了。這麼說，我們還得感謝那件殉情案呢！」

這話一針見血，當場幾個人聽完馬上倒抽了一口氣，瞬間空氣沉重地凝結了起來。

6

我也不是不了解一原高顯先生的心意，只是裝著不知道罷了。我這輩子根本沒有嫁入豪門的命，即便他真的向我求婚，讓我繼承龐大遺產，我也會拒絕的。

我一直很尊敬高顯先生。他白手起家、頭腦冷靜、反應迅速、行事果決，簡直就像一台電腦，工作態度嚴謹，甚至讓人覺得有些冷酷。不過，私底下的他和人相處時，態度就有一百八十度的轉變。他不但心胸開闊、毫不做作，還擁有體貼入微的包容力。當他的秘書已經六年多，在他身邊，我學到了很多待人處世的道理。

但我沒辦法把他當成丈夫，我只希望他永遠是個令我尊敬的老闆。說穿了，其實我要的是一個懂得欣賞我女性魅力的男人，我希望這段感情不是建立在利益算計上，而是在對方熱情的追求下。高顯先生說他自己已經不行了，我想，在他冷靜的判斷下，與其娶一個年輕貌美的女人，不如娶一個能徹底執行他命令的人。對我而言，他並未把我當作女人看待。

我會堅持這種事，大概跟我本身缺乏戀愛經驗有關吧？哦，說缺乏是有點含蓄了，其實我幾乎沒有談過戀愛。當然以前我也單戀過，那種單相思的心情，宛如仙女棒的一點火星，沒有轟轟烈烈，只有不了了之的逐漸熄滅。我從沒想要表白，當然也就談不上失戀，那只能說是我單方面的小鹿亂撞，最後再自我了結、失戀傷心。

進入公司一年左右，我曾經有一次想要向人表白我的愛意。或許有點老套，但我當時打算趁著情人節的機會暗示對方。他是公司的同事，常在公事上親切地指導我，使我對他意亂情迷。那一天，我把親手做的巧克力藏在抽屜裡，等待機會想偷偷交給他。

結果我的真情告白失敗了，因為發生了一件意想不到的干擾。或許，那也還說不上是干擾吧？

澆了我一盆冷水的，就是我隔壁的女同事。午休時間，她拿出一張紙，說要讓我看個很有意思的東西，原來是一張公司男同事對女同事的評分表。雖說是評分表，但並不是指工作上的表現，而只評「姿色」和「個性」兩項。那是由幾位男同事負責評分的，其中一個名字就是我暗戀的對象。

「男人真的很沒品。」那位女同事說。我瞄了一眼那張表，她被排在第一，尤其姿色的分數最高，所以故意在我面前賣弄炫耀吧！我懷著既緊張又期待的心情看了自己的分數，果然得分奇慘無比。其中最令我失望的是「他」所打的分數，個性在五分裡我只有三分，姿色則只有一分。

桐生枝梨子，姿色一分。

那天下班回家路上，我把巧克力丟在車站的垃圾桶。憋著即將掉下來的淚水，回到自己的房間後，我才忍不住放聲痛哭。

母親有豐滿的胸部、細白的肌膚，可是我卻絲毫沒有遺傳到她一點點的女性魅力，反而胸部像洗衣板、皮膚粗糙。諷刺的是，我完全遺傳了爸爸那張醜臉。我小時候常被誤認為男生，長大以後，情況也沒好到哪去。再說，我這副長相就算是當男生，也不會受女生歡迎吧？

哭了一整晚，我下定決心，再也不做戀愛美夢了。我想愛情和我是絕緣的，老天爺沒賜我美麗，但給了我智慧，所以從今以後，我要讓智慧更加精進。我姑且把對愛情的憧憬藏在心裡，絕不讓人發現。

第二天起，我變了個人。第一步就是把忍耐多時的隱形眼鏡拿掉，換了副一點都不好看的金框眼鏡。服裝也變了，我把一點也不適合自己的女性流行服飾收進衣櫃裡，拿出只有面試時才會穿的老氣套裝。

我不斷努力，下班後進修外語，還參加各種講習，取得各種資格認證。漸漸地，我被同事們孤立，只能無奈地漠視無能者對我的嫉妒。

幸好，我的主管不是笨蛋，他們看到了我的能力。歷經了幾次破格升遷，以及跟幾位主管工作過後，一原高顯先生親自指名要我當他的秘書，我當時真的很開心。

在職場上，我因為自己醜陋的外表得到動力而奮發，以最快的速度往上三級跳，但我仍無法認同自己。我知道自己內心對愛情的憧憬依然存在，從不曾消失。一原高顯先生看到了我的能力，指定我當他的秘書，然後也以同樣的理由，想選我做他的妻子。但是對我而言，談到結婚，我還需要另一種憑據。倘若他眼裡有一絲絲把我當作女人的念頭，那我應該就不會拒絕做他的妻子了。

然而這不過是我無謂的想像。如果要憑姿色挑選結婚對象，他一定會毫不猶豫地向迴廊亭的女主人小林真穗求婚。我很清楚他倆的關係，對高顯先生而言，她可以說就是他的情人。為了消除他早年的喪妻之痛，他一直把她留在身邊，然而他們的關係也就僅止於此。所以在他面臨不舉後，她身為情人的任務即告了一段落。

因為這個緣故，一年半前生病倒下的高顯先生，想收我做繼室的心態更加明顯了，我強烈感受得到他的心意。

他清楚自己得的是癌症，已經無可救藥。他死前最擔心的，就是自己一手建立的王國，今後會變得如何；他不過是想把身後事交給自己最信賴的人來處理罷了。

7

送上了甜點後，晚餐也到了尾聲。該說的話已經說完，飯局也已過了高潮，我想時機差不多了。

「我有話想要告訴各位。」

我一說完，大家立刻停止了手上的動作，望向這邊。他們一臉疑惑的神情，大概在想：這唯一的外人想要說些什麼？

「是關於剛才提到的桐生枝梨子小姐的事。」

「桐生小姐？」蒼介驚訝地說：「本間夫人也認識她嗎？」

「應該認識吧！」我旁邊的直之說道：「我不清楚細節，但她應該是負責與本間夫人聯絡的人。應該是這樣吧？」

「正是如此。」

「是嗎？她怎麼了？」

「說了或許會讓各位想起不好的回憶。她在這兒遇上火災，之後就自殺了。」

果真是個不好的回憶，所有人聞言瞬間都低頭不語。此刻，突然有個與眾人反應截然不同、突兀的高音傳了出來：「哎呀！那不是單純的火災啦！」

是加奈江。她完全沒注意到眾人一臉的不悅，繼續說：「那是縱火自焚。桐生小姐的男友車禍肇事，想帶著她一起自殺，結果她男友死了，桐生小姐卻奇蹟似地活了。當時我們也都住在這裡，好恐怖唷！」

大夥兒一臉掃興。

我對加奈江微微一笑。「是啊！那件事我很清楚，我在報上看過。」

「是喔！原來妳知道了啊？」

「幾天之後，桐生小姐就自殺了。警方說她是因為男友的死，又嚴重灼傷——受不了雙重打擊而自殺的。」

「也沒有其他原因了吧？」蒼介一臉厭惡的表情，想必此時此刻他也不知該說些什麼才好。

「對。」我點點頭接著又說：「我也猜不出有其他理由，而且聽說沒留下遺書。」

「怎麼寫遺書嘛！要是改變心意怎麼辦呢？」紀代美邊說邊將眼前的餐具疊起來，似乎在暗示大夥兒快點結束這個話題。

我調整了一下呼吸，看了看在場的人，繼續說道：「事實上，桐生小姐留有遺書。」

我一說完，有幾個人同時發出驚呼。我從懷裡取出一個信封，那個信封比一般的還要大一點。

「桐生小姐過世後兩、三天，我就接到這封信。各位請看，寄信人就是桐生枝梨子小姐。」

「的確是。」直之盯著信封看了一會兒，又說：「沒什麼印象了，但好像是這個筆跡沒錯。」

「我想這就是桐生小姐的筆跡沒錯。」我肯定地說，又從信封裡取出一張紙和另一個較小的信封，但這個小信封尚未開封。「信裡寫著桐生小姐自殺的心境，請各位瞧瞧。」

我立刻將信交給旁邊的直之。他很認真地看，然後抬起頭，表情似乎相當錯愕。

「上面寫什麼？」蒼介焦急地問。

「等等，我唸給你們聽。」直之坐直了身體後，開口唸道：

本間夫人，當您收到這封信時，我已不在人世。當我把這封信投進郵筒後，就決定自殺了。為什麼自殺呢？關於我的自殺，輿論和警方應該都不會進一步追究。因為上一起自殺案，大家還記憶猶新，他們一定會想出一些自圓其說的理由，譬如說我是步上男友後塵，或說我遭受太大的精神打擊等等，但這些都不是我選擇自殺的真正原因。那起自殺案，與我選擇自殺的背後，都有更深、更複雜的內情。此刻我有無法說出的難言之隱，需要另擇恰當的時間地點，公開內幕。可惜我已經死了，無法親自公開實情，所以，對不起，我想拜託本間夫人。

這封信裡有個小信封，希望寄放在您這兒，我想您會了解。這信封裡放了一封說明真實內情的信，在一原高顯先生的遺書公開之前，請您保管這封信。高顯先生還活著，您一定覺得很奇怪，我為什麼要說等高顯先生公開遺囑？其實先生的病情很嚴重，醫生說最長也拖不過一年，所以我想高顯先生的遺囑，應該會選擇一個適當的時機與地點，在限定的人員面前公開。我推測到時本間夫人也會在場，因此我想拜託您，到時帶著這封信去，在遺囑公開之前，當著眾人面前開封。屆時，我為何要自殺？為何做如此安排？一切都會明朗。此外，這封信的存在，請您務必保密。我能夠理解您會對我的這項請託感到莫名其妙，但能接受我這項託付的人，只有本間夫人您了。麻煩您了，萬事拜託！

X年X月X日　桐生枝梨子絕筆

直之一口氣順暢地唸完後，一時無人作聲，甚至連加奈江都一臉緊張。氣氛凝重到彷彿發出一點聲響，都會招來眾人嫌惡的眼光，因此，連中途進來的真穗都站在門口，一動也不敢動。

「情形大致就是如此。」我話一說完，大夥兒僵凍的表情彷彿才得以解凍。

「真令人驚訝！」蒼介先說話，「她竟然寫這種東西。」

「可是，這多少也料想得到。」直之小心翼翼地將信摺好後還給我說：「我本身與她沒什麼交往，不過聽大哥說，這位桐生小姐是個可靠的人。上次那起殉情案，如果是平常女性自殺，倒還不奇怪，但我聽到她毅然決然選擇自殺，老實說還滿吃驚的。」

「高顯大哥也說無法相信。」曜子在一旁附和著。

「好誇張喔！到底信裡寫些什麼呀？」心情放鬆的加奈江，興味盎然地看著我的手。

「妳覺得呢？本間夫人？」蒼介臉上浮現親切的笑容說：「大哥的遺囑，等明天古木律師來，就會公開了。明天和今天差不了多久，不如現在就把那封信打開吧？」

「現在，這裡嗎？」說完，我迅速地偷窺每個人臉上的表情。裡面一定有人不希望開封，但因為是蒼介提議的，所以他可以從嫌疑犯當中剔除吧？不！不對！說不定他是個老奸巨猾的人，一旦開封，他或許會東拉西扯地替自己脫罪。至於其他人，大多是一副贊成開封的表情，像加奈江就好奇得兩眼充血發紅，但對照之下，比較不同的是由香，她好像沒什麼興趣，只是一直注視著自己的手。

「不，這樣不妥。」我還沒回答，直之就搶先一步說：「公開遺囑的時間是指定好的，我認為我們應該尊重故人的意願。」

「只差一點點時間嘛！反正再過不到二十四小時，一切不就都清楚了？」

「沒錯，就因為只差那麼一點時間，不妨等等吧！本間夫人都已經等了好幾個月了，不是嗎？」

「哦，說得也是。」被弟弟駁倒，蒼介一臉苦笑著不再說話了。

「也真奇怪，」曜子皺著眉、歪著頭低語：「到底是什麼事情？那個殉情事件和她自殺背後的複雜內幕是指什麼呢？」

「應該不會有什麼了不起的事吧！我看是故弄玄虛罷了。」紀代美用一副事不關己的表情說著。其實這種人，心裡比誰都還好奇，我想她的心臟此時應該撲通撲通地跳得飛快吧！

「那個男的，叫里中吧？」蒼介兩手環抱胸前開口說：「他好像是桐生小姐的男友，究竟是個什麼樣的人？兩人相比，他好像比她年輕許多。」

「聽說是汽車修理廠的員工，」回答的是曜子，「桐生小姐也開車，或許就是這樣認識的，不過他們會在一起還是令人滿意外的。雖然我不認識她，但沒法想像一個女人能有那麼年輕的男友。高顯大哥也不知道吧？」

「好像不知道。桐生小姐本人說他們是男女朋友，應該沒錯吧？但為什麼說自殺案另有隱情呢？她不是已經承認是她男友勒她的頸子的嗎？」

「不，她沒那麼說。」直之糾正蒼介的話，「她坦承有人勒她的頸子，但沒看清楚對方的臉。里中會被懷疑，也是警方根據前後發生的事推論出來的。」

「或許吧！但這樣也沒問題啊！」蒼介不耐煩的口氣，似乎在怪直之不用說得那麼詳細。

「等一下，這裡可能很重要。」曜子伸出兩手，想阻止兄弟兩人繼續齟齬，「勒桐生小姐頸子的，若是她的男友……里中是吧？那就沒事。但要是不是呢？那麼那椿殉情案件的偵查，恐怕一開始的方向就錯了。」

「喂！妳究竟要說什麼？」蒼介快發脾氣了。

「那件事被判定為單純殉情，是警方擅自下的結論。當時發生火災，桐生小姐和她男友都在裡面，但男的喝毒藥死了，桐生小姐半夜被人勒昏，而且那個男的前一天還發生車禍，是因為這些事，警方才斷定是殉情的。」

「我覺得這個推論還滿合理的啊！」

「若她親口證實勒她脖子的是里中，那一切就合理了，可惜她並未看到對方的臉，這一點就很有爭議。」

「妳是說，那不是單純自殺，而是被人設局陷害的？」直之的臉有些僵硬。

「也不是不可能唷！其實，我早就懷疑了。我曾經問過那真的是殉情嗎？那個里中的年紀，不像是會自殺的人。」

這話倒是說出了重點：大部分年輕人，不會因為自己殺了人而自殺。聞言，常和年輕學生在一起的蒼介卻立刻說：「自殺這種事跟年齡無關。」

這句話洩漏了他的無知，也因此他立刻遭到健彥的反駁。「爸爸你沒聽懂耶！姑姑說得沒錯，有膽量殺死自己女友的人，自殺前一定會先設法掩飾車禍。」

「我也這麼認為。出了車禍就去尋死，實在太傻了。」加奈江異口同聲。

被兒子及外甥女反駁，蒼介一臉不悅。「不過，話說回來，如果勒她脖子的另有其人，她又看到了對方的臉，沒理由不告訴警方吧？」

「就是因為沒看到嘛！」曜子繼續說：「不過一定有某種依據，她才知道被人設局陷害了。但苦於證據不足，無法說服警方，也就是沒有充足的物證，才決定放棄與警方溝通，以別種形式舉發，而她的方法就是用這份遺書。」她指著我手邊的信封。

「真無聊！」不滿自以為是的小姑，二原紀代美輕輕地哼了一聲說：「說什麼殉情是被陷害的，她憑什麼那麼說啊？車禍肇事的男人，偷偷躲進女友住的旅館裡殺了女友，再喝下毒藥，又在房間裡縱火，不就是這樣嗎？」

「二嫂，妳又為什麼那樣想呢？桐生小姐在信裡說，自殺事件另有隱情喔！」

「所以我說那是胡扯，不用太認真呀！」

「光憑這些怎麼知道是胡扯？妳倒是說說看啊！」

「我……我怎麼知道嘛！」紀代美生氣地別過臉去。

曜子冷笑著說：「我覺得大家對桐生小姐的遺書很感興趣，才試著推理看看，但如果各位不喜歡，我們就甭說了。」

「不是不喜歡，只是覺得少了點說服力。」蒼介皺著眉說：「我還是不能認同桐生小姐為何不通知警方。就算證據不夠，只要有自殺造假的根據，她就應該說出來。」

「這一點確實很奇怪。」連曜子也想不出適合的解釋，只好閉口不再說話。

我有點心煩意亂。不靠警方的力量，選擇親手復仇，這真的是我的本意嗎？原本只有當事人才明瞭的真相，這些深信桐生枝梨子已死的人能夠真的了解嗎？死人是無法復仇的。

為了打破沉默，加奈江再度無厘頭地說：「與其告訴警方，還不如留下遺書，或許更能洩憤。」

她在說什麼？眾人注視著她。

「什麼意思？」由香問。

「沒什麼特別的意思。我只是猜想，如果是被陷害的，桐生小姐一定非常恨，不讓警方抓到兇手就誓不甘休吧？」

我不得不對這天真的女孩刮目相看。她不擅於事理分析，但卻感覺敏銳。

「那麼，她為何要指定開封時間？」接著女兒的意見，曜子再度發言。「她指定要在大哥的遺囑公開時才能開封，那麼應該跟大哥的遺囑有某種關連。就像加奈江說的，或許有洩憤的效果？譬如說，她的信一旦公開，就會有人拿不到高顯大哥的遺產，對吧？」

「喂！妳這玩笑也未免開得太過分了！」蒼介厲聲斥責。「照妳這麼說，設計那整起事件的人，好像就在我們裡面啊？」

「不是好像，是根本就在，不是嗎？當時住在這裡的，也只有我們這些人呀！」

「兇手他……」蒼介抿了抿嘴繼續說：「不，我的意思是，如果真有兇手，也不見得就是住在這裡的人呀！很可能是有外人入侵這個旅館。事實上，那個叫里中的男人就是從外面進來的呀！」

「唉呀！舅舅，你這就錯了！」加奈江提高聲調說：「當時我是聽警察說的。火苗竄出的時候，『居之壹』的玻璃窗全都是鎖住的，只有門沒上鎖。意思是說，如果是有人縱火，兇手逃不出去，只能往迴廊逃。」

被意想不到的人反駁，蒼介無話可說，加奈江也一副沾沾自喜的表情，而其他人則面面相覷。

加奈江的話沒錯。雖然我也是聽刑警說的，並未親眼證實，但這方面的情報是正確的。我相信警方的現場蒐證。換言之，兇手就在這些人之中。要讓人以為我們是殉情，還想燒死我們的人，一定就在裡面。

「啊，不管怎麼說，只不過是推理罷了！」曜子企圖緩和凝重的氣氛。「不管怎樣，明天就知道了，反正裡面會寫。」

話說完，在場所有人再次注視著我手邊的信封，我則慎重地將信封放進懷裡。一切都按照我的計畫前進，我內心不禁竊笑起來。

我的復仇計畫，踏出了成功的第一步。

此仇不報非君子……

8

當得知我深愛的二郎離開了人世，我第一個閃過腦海的念頭就是報仇。不但殺了里中二郎，還想除掉我的兇手，我一定會給他好看。

但是，該怎麼做呢？難道沒有接近敵人的辦法嗎？

在醫院的病床上，我反覆思量，突然想到有一件比報仇更重要的事——有人要取我的性命。而兇手一定知道我被救活了。

我決定豁出去了。我得先讓自己從這個世界上消失，再慢慢地接近兇手。

我再三暗示身邊照顧我的護士，透露想要自殺的念頭。這名護士個性謹慎，每每聽到我說喪氣話，就會像母親責罵孩子般，嚴厲地斥責我。她一責備我，我就會暫時恢復正常，但沒多久又開始喃喃自語地說不想活了，而她也總是很認真地對我發脾氣。

不久，我上演了一齣自殺未遂的戲碼。我用水果刀割腕，還吞了安眠藥，但其實這些一點都不危險。雖然說是割腕，但也不過是割傷了皮膚而已，離動脈還很遠呢！我從一些書上得知，這種自殺方法的成功率很低。

不過，被發現當時還是引起了很大的騷動，看來我的這齣戲已足以證明我真的有自殺念頭。後來許多人開始對我說教開導，甚至收到當時還在世的一原高顯先生的來信，指責我懷憂喪志。他在信裡說：「這一點都不像妳。」別人的感受我都不以為意，但惟獨欺騙他時覺得很不忍。

自殺未遂之後，護士巡房的次數增加了。我依然嘀嘀咕咕地叨唸著想死，不斷放出隨時會做傻事的負面訊息。

面臨將要出院時，我決定孤注一擲。三更半夜，我偷偷溜出醫院，走到車站。那個車站很小，而且時間剛過深夜兩點，車站前沒半個人影，只有一輛計程車停在招呼站。附近有幾家開到深夜的酒店，司機專門在等最後被酒店趕出來的酒客。

我靠近車，敲了敲後座玻璃窗。司機大概在打盹，聞聲便彈了起來，幫我開了車門。他看到我時一臉驚嚇，這是當然的，由於為了要遮住臉上的傷痕，我戴了一個大口罩和一副太陽眼鏡，此外還戴了一頂與季節不相稱的滑雪帽，身上穿的還是淺色睡袍。三更半夜看到這種人出現，任誰都會神經緊張地嚇出一身冷汗。

「……請到海岸岬。」

我怕會被拒載，趕緊鑽進車內。因為隔著口罩，司機好像聽不清楚我說什麼，所以又開口問我：「什麼？」

我清楚地再說了一次地名，那是往南十幾公里處，一個小小的海岬。司機露出一臉詫異的表情說：「小姐，妳現在要去那種地方啊？」

「麻煩你了，我跟人約在那裡見面。我願意付這些錢。」我拿出三張一萬圓的鈔票，交給了司機。

「這樣啊……」我的外表怪異，司機大概擔心問太多會惹麻煩，所以什麼都沒多說就開車了。我太幸運了！有些人，可不是花了錢就能說服的。

計程車馳騁在車輛稀少的國道上。我原本完全沒注意，其實外面在飄雨，路面顯得濕濕亮亮的。

在沒有其他車輛的夜裡，我們不到三十分鐘就到了海岸岬。附近什麼都沒有，我在半路上請司機停車。

「這種地方，可以嗎？」司機終於開口。

「對，有人……我男朋友會來。」

「哦，那就好。」司機親切地對我笑了一下，但我想他大概不太喜歡會隨便把「男朋友」掛在嘴上的女客人，所以其實只是皮笑肉不笑罷了。

下車後，我還不能馬上離開。要是讓司機看到我往海邊走，讓他察覺事情不妙，追過來就麻煩了。

他原本好像還在注意我，但過了一會兒，終於慢慢發動車子開走了。我站著不動，直到看不見車的尾燈為止。

我這才鬆了一口氣。側耳傾聽，附近海浪的聲音傳來，我還聞到了海水的氣味。我拿出攜帶用的手電筒，藉著微弱燈光進入旁邊小路。前面數十公尺處，就是一個突出於海平面的斷崖。

我趕緊走上前去，用手電筒往下照了照。凹凸不平的崖壁，被海水沖刷得閃閃發亮，深夜的大海像瀝青般一片漆黑，讓人不寒而慄。

剎那間，我想就這樣跳下去。這麼一來不就乾淨俐落了嗎？反正我也不想活了，唯有一死我才可能把二郎忘掉。

我深深地吸了口氣，甩甩頭，想甩掉黑色大海對我的召喚。我隨時都可以死，但唯有把死當作最後的籌碼，才可能所向無敵、毫無畏懼。

我脫下毛衣外面的長袍，那是在醫院裡一天到晚穿的病人服。我把它捲了起來，用力丟出去。淡粉色的長袍，隨風飄了一會兒，終於掉進海裡。那件長袍就是我，已經掉下去的桐生枝梨子已經死了……

接著我丟下滑雪帽，再穿上帶來的運動鞋。我把先前穿來的拖鞋的其中一隻丟下去，這也是在醫院裡常穿的。最後，再把另一隻拖鞋放在懸崖邊上。

這樣就差不多了吧？這種偽裝如果設計得太精細，一定會被識破的。

我走回馬路上，謹慎地不留下腳印。我此時穿的運動鞋，是取得外出許可時偷偷買回來的，身上的毛衣和牛仔褲也一樣。

走回國道上，我朝來時的相反方向走。再走幾公里，就會碰到最近的車站。

我要留意不被偶爾經過的車輛看到。從醫院溜出來搭計程車時，如果有別人看到反而好，但現在起可不能再被人看見。每當我發覺有車燈接近時，就趕緊躲進旁邊的草叢裡。

等我走到車站時大約剛過四點。小小的車站像一戶民宅，車站雖小，卻有個候車室。我全身疲憊，很想躺一下，但只能看看時刻表，就繞到車站後面。這種時間若待在候車室裡，要想站務員不記得我也很難。我找了一個沒人看得見的死角就坐下來，靠在車站後面的牆壁上。走了很長一段時間的路，我滿身是汗，如果不趕緊擦乾，很快就會體溫下降導致感冒。我把手伸進懷裡，抓到一塊布後抽出來，那是一條被汗水濡濕了的毛巾。這是離開醫院時我順手藏在身上的，我猜想應該會用得著。

我稍微睡了一會兒，睜開眼時天已經亮了。周圍好像有人，我聽到腳步聲，電車也總算要開了。

我脫下口罩和太陽眼鏡，拿出圍巾把頭包起來，再脫下毛衣，當成圍巾在脖子上繞了一圈。我放過第一班車，算準第二班車到站的時間才走進車站。我在售票機前買了車票，面無表情地通過剪票口，並未引起站務員的注意。

看到月台上零零星星的幾名學生和男男女女的上班族，對旁人絲毫不感興趣。大家都是一臉睡意地呆坐著，一副彼此間漠不關心的表情，打從上電車開始就持續著，這對我而言真是求之不得。

就這樣，我成功地把自己從這個世界上抹殺掉了。事後得知，我溜出醫院大約一個小時左右，醫院就開始一團混亂。他們先分頭在醫院附近搜尋，最後找不到，才通知警方。因為擔心我會做傻事，警方也派出多名警力展開搜索，不過當時是半夜三更，搜查根本毫無頭緒。好不容易在早上八點左右，他們找到了載過可疑女子——也就是我——的那位計程車司機。警官聽了計程車司機的證詞，直接趕到那個海岸岬，最後只發現了一隻女用拖鞋。霎時警官應該有預感，最糟糕的事發生了。

當天下午，警方確定預感成真，因為他們在附近海岸上發現了一件女用長袍。根據相關人士的證詞，那被判定是桐生枝梨子的衣物。兩天後，他們又找到了一頂毛線帽，但另一隻拖鞋大概沉到海底去了，一直都沒有出現。

警方根據這些跡象及之前的怪異行徑，判定桐生枝梨子已經投海自盡。但沒找到屍體，卻讓警方及相關人士心裡還是有疙瘩。最後整起事件就這麼糊裡糊塗地結束了，因為一直都沒有桐生枝梨子的消息，他們也研判她不應該會有偽裝自殺的動機。

那天早上我坐上電車之後，一路上利用了各種不同的交通工具，下午就抵達了群馬縣的前橋市。從一開始計畫復仇，我就決定要來這裡，因為我最信賴的本間夫人就住在這個地方。

本間重太郎是一原高顯先生在校時的學長，也是企業經營上很好的諮詢對象。雖然如此，他卻和一原先生的公司沒有直接關係。這號人物的特別之處，是他喜歡把人脈、金錢當作棋子，在商業棋盤上調兵遣將、運籌帷幄，對於地位、利益他都毫無興趣。一原先生好幾次想給他一個名義上的職位，但到頭來都被他給拒絕了。

大約一年多前，重太郎先生心肌梗塞猝死。他死後，一原先生最在意的，就是其遺孀菊代夫人。經濟上的援助事小，如何讓沒有親人的夫人在精神上有個寄託？這就並非易事了。因此，一原先生決定定期探訪夫人，大概一個月會去個兩、三次。也沒什麼特別的，就只是送個土產、閒話家常罷了。儘管如此，每次高顯先生去拜訪，夫人看起來還是很高興的樣子。

在這段時間，一原先生本身的健康狀態，也漸漸亮起了紅燈，後來只好由我一個人去了。當我轉達夫人，說一原先生對自己的不能造訪感到抱歉時，夫人的眼角雖堆著滿臉皺紋，卻仍調皮地說：「不會，沒關係的。老實說，桐生小姐一個人來我才高興呢！雖然對高顯先生不好意思，但我對公司業績如何根本一竅不通，跟他說話累得我老想打呵欠，還是兩個女人之間好說話。雖然一把年紀了，但還是有很多女人之間的話好說。」

事實上她好像很盼望我來，而我也喜歡來看她。聽她回憶往事，總讓我見識到人情溫暖，受教不少；而我則是告訴她現在年輕人之間流行的東西。再加上我們兩個人都喜歡作菜，見面時的招呼常是：「最近有沒有什麼新花樣？」要是其中一個回答「有」，就會直接走進廚房裡，然後兩個人一起試作新菜。

丈夫去世後，她一個人確實很寂寞。再想一想，我也沒有其他像夫人這樣的知心好友。

跟夫人談起二郎，是第一次，也是最後一次。在此之前，她從不曾對我提及戀愛或結婚等話題，但等我表白有了戀情後，她馬上用力地點點頭說：「我想也是。看妳，枝梨子小姐，最近紅光滿面的！」

我說對方小我八歲，夫人瞬間兩眼有些迷惘，但馬上又恢復了溫柔的笑容說道：「枝梨子小姐或許比較適合這種人吧？」

「所以妳支持我囉？」

「當然啊！帶他來玩吧！」

「嗯！下次吧！」我小聲回答。

當我決定要報仇，想要偽裝自殺時，唯一的藏身之所只想到夫人這裡。我相信夫人一定會了解的。

當然，我一定要隱瞞那起被設局的自殺案和我的復仇計畫，畢竟菊代夫人是不可能寬恕犯罪的。我也不想給她惹麻煩，但一定要告訴她我偽裝自殺的必要。關於這一點，我打算告訴她，我想暫時在眾人面前隱姓埋名。

結果，我竟未能見到菊代夫人。不對，見是見到了，但無法和她談話。我在本間家看到的是她倒在客廳裡的遺體。

本間夫人的遺體已經開始腐敗，飄著陣陣屍臭的遺骸旁邊，有張打開的報紙。看了那篇報導，我才知道她為什麼會躺在這裡。那張報紙的社會版面，刊登著發生在迴廊亭的殉情事件。雖然沒刊登姓名，但菊代夫人一看就知道了，上面寫的A小姐是我。她和本間先生一樣患有心臟病，她一定是看到新聞後受了刺激，因而心臟病發作身亡的。我想起自己在住院期間，她完全沒跟我聯絡，我卻竟然沒有起疑，心裡不免咒罵自己的粗心大意。

我在菊代夫人的旁邊哭了許久，一點都不覺得屍體的氣味難聞，只曉得悲傷哭泣。被設局的殉情案，已經奪去了我很多東西，現在的我更是一無所有了。

不知過了多久，耳邊傳來叫聲，我才清醒過來。門口有人在叫：「本間太太在家嗎？」

我趕忙擦乾眼淚。為了掩飾哭腫的雙眼，我戴上菊代夫人的眼鏡，走出玄關。門口是一位像是住在附近的女性，她見到我似乎覺得有點吃驚。

「啊！是親戚嗎？」胖女人不客氣地直接問。

我不禁回答：「是！」

「哦！我看到信箱裡塞滿了報紙信件，所以過來看看。沒什麼事吧？」

或許是我的心理作用，她口氣聽起來有點失望，使我完全不想說真話。我騙她說：「她去我們家玩，今天早上才回來的。讓您擔心了，不好意思。」

「這樣啊……」她盯著我看了一會兒，不發一語地走了。

我決定一開始就說謊，隱瞞菊代夫人的死，然後伺機等待未來的某一天，變裝成夫人。一定有機會的。

接下來的幾個月，我屏氣凝神地過著。這段期間中，幸好沒人來找夫人，偶爾會有電話，但也都不是非夫人接聽不可的電話。我自稱是幫傭，應付了所有的電話，也沒人懷疑。令人覺得奇怪的是，夫人竟然沒有一個親近的朋友？

有件事讓我心裡很過意不去，那就是我把夫人的遺體埋在壁櫥的地板下面。當我把家庭用水泥灌下去的那一刻，更是感到心疼不已，但不這麼做，屍臭味就會蔓延開來。處理完後，我每天都會在衣櫥前放一束鮮花。

這段期間，我每天的功課是強記所有與夫人相關的事情、練習變裝。國外有個女人寫的紀實小說中，提到她曾持續變裝成老婦，生活了好幾年，這對我而言，也不是不可能的。何況，我只需要騙幾天就好了。

然而，變裝並非如想像般容易，這和舞台劇或電視演員的化妝不同，必須要做到旁人看起來沒有任何的不自然。就算外表騙得過去，身體的動作姿態還是三十幾歲的女人，那就沒意義了。我每天晚上對著鏡子練習，練到有自信以後，才敢外出測試自己變裝後的成果。

就這樣過了四個多月，我從報上得知一原先生過世的消息。一半悲傷、一半心想：「該來的終於要來了。」我穿起菊代夫人的喪服，進行幾乎到了完美境界的變裝，去參加告別式。

告別式由公司主辦，除了一原家的人以外，還有公司重要幹部、生意上往來的客戶等等，相當熱鬧。可是，沒有任何人看出我是個冒牌貨。雖然有人認識本間重太郎，但沒人見過菊代夫人，當然，更沒人發現我是桐生枝梨子。

我大方地燒香祭拜後，走出了寺廟。我外表假裝平靜，內心卻撲通撲通地跳個不停，心跳比平常快了三倍。不單是心裡緊張，一想到我要復仇的人就在這裡，我越發心悸不耐。

我初次以菊代夫人的變裝登場算是成功了，但下一步要怎麼辦？該如何步步逼近、進攻核心？不料這棘手的問題，對方卻主動解決了。

告別式結束後一個禮拜，我接到一原蒼介的來信，信裡說明高顯先生遺囑公開的相關事宜。時間定於七七四十九日，假迴廊亭內舉行，務請遺囑相關人員出席，而菊代夫人的名字也在名單上。我毫不猶豫地立刻回函表達出席意願。

我如此這般的經歷了漫長路途，終於再度踏進迴廊亭中。這次我不是桐生枝梨子，而是本間菊代。

9

兇手在裡面，這樣一切才說得通。只是我不知道是誰。

為了揪出兇手，我想出一個策略——我要設下圈套讓對方自投羅網，而這個圈套，就是剛才他們所看到的桐生枝梨子的遺書。

兇手一定會來偷這份遺書。要是自殺案秘密曝光的話，兇手知道自己會身敗名裂。

晚餐結束後，一原家的人各自活動，有人回自己房間、有人去泡湯，而我決定留在大廳休息。隨後加奈江、由香、健彥也來了，大家圍坐在同一張桌子前。

加奈江一坐下馬上開口：「欸，伯母，住在那個房間，您不覺得害怕嗎？」

這種人人避諱的話題，她竟能毫不客氣地脫口而出，她果然就是這樣的人，但這也許算是一種優點吧？

我自然地微笑說：「不會啊！才剛裝潢好，景色又美。」

「要是我才不敢哩！要是有鬼怎麼辦？」一邊摩擦著兩隻胳膊，加奈江打著哆嗦說。

「加奈江，沒禮貌。」由香的眼神儼然在責備表妹失禮。很明顯地，她的心態並非體諒他人，而是考量到別人看自己的眼光。由這一點看來，就知道她的城府比加奈江要深許多。

「妳說鬼啊？如果真的有就好囉！桐生小姐在生前和我也認識啊！」

什麼鬼不鬼的，本人就在這裡呢！我情不自禁地笑了出來。

「剛剛提到的遺書，」由香表情嚴肅地說：「信裡的內容，伯母完全沒概念嗎？」

「是啊！完全沒有。」

「我不認識桐生小姐，但您認為剛才叔叔和姑姑說的話是真的嗎？他們說自殺案是假的，遺書會揭發事情的真相。」

「那是他們胡思亂想啦！」健彥搶在我前面說：「尤其是姑姑，她最喜歡把事情說得很複雜。」

「喂，健彥哥，你剛才明明還贊成我媽的話耶！」加奈江的語氣聽起來很不服氣。

「我哪有啊？」

「你不是說年輕人不可能自殺嗎？」

「我只是說一般而言是那樣。」
「那還不是一樣？不可能自殺，不就是被人陷害的嗎？」
「拜託，加奈江，我只是在請教伯母而已。」由香阻止兩人繼續吵下去。
由香斥責的口吻讓加奈江吐了吐舌頭，健彥則是有點難為情。
我滿面笑容地說：「我對這件事的了解，全是從報上看到的。我倒想要問問你們，當時你們不是住在這裡嗎？」
「是啊！」加奈江回答。「一年一次，家族的例行聚會。」
「你們一定嚇了一大跳吧？」
「沒有，我睡得很熟，後來突然被吵醒。當時我睡在『荷』棟，離起火的房間很遠，不會害怕。但媽媽就很害怕，因為她離那裡只隔一條走廊，又自己一個人住。」
「加奈江，妳爸爸當時也沒來嗎？」
「對啊！他三年前來過，但好像因為和舅舅們不合，之後就很少來了。還好沒捲進那個災難中，他算是運氣很不錯啦！」
加奈江皺了皺眉頭。加奈江的父親，我只見過一、兩次，是個一路辛苦打拚的生意人，或許覺得和蒼介這些自以為是的知識分子談話會格格不入吧？
總之，當時不在的話，就可以排除嫌疑。所以蒼介的太太也一樣，她身體不好，一直都住在療養院裡。

「那第一個發現起火的人是誰呢？」我佯裝若無其事地問。
「嗯？是誰啊？」加奈江看著另外兩人。
「我不知道誰第一個發現，我是聽到我爸的聲音才知道出事了，他當時一直大喊：『失火了』。」
健彥說完，加奈江也點頭附和：「我也聽到了，但是之後的情形就不清楚了，大家都慌慌張張的。」
我想要問當時各自的行動，只是一時找不出理由便作罷。
「由香的房間離起火現場很遠嗎？」
「對，和這次一樣住『葉之參』。」
「妳當時已經睡了啊？」
「是啊！我也是聽到外面的叫聲才醒過來的。」
「所以，由香跑出房間的時間算早的囉？」加奈江聞言，一臉驚訝地說。
「是嗎？」我也忍不住追問。
「是呀！我跑出房間時，就看到由香往本館跑。」加奈江說。
「那是加奈江妳太會睡了。」
健彥嘲諷的語氣，讓加奈江繃著一張臉。
「當時加奈江只看到由香嗎？」

「應該大家都在吧！我不太記得了……不過我記得和女主人擦身而過，她一邊問：『大家都沒事嗎？』」

她本來就責任心重，我覺得這很像負責任的她。

「起火前沒人聽到任何聲音嗎？難道沒有這方面的證詞嗎？」

我一說完，健彥揶揄地笑了笑說：「大家都在睡覺呀！就算『居之壹』的房間有聲音，頂多也只有隔壁的曜子姑姑聽得見吧？」

「有聲音也不見得一定就是從『居之壹』發出來的呀。」加奈江替我反駁。

健彥則不以為然地回應：「管他別的房間有什麼聲音，那跟火災有什麼關係嗎？」

「是嗎？對了，如果縱火的兇手在裡面，可能就會聽得見他出入的聲音。要不要去問問大家？」

「加奈江！」由香突然語氣很兇地說：「那種聲音怎麼能當作證據呢？」

「就是說啊！問這種問題，只會讓大家陷入恐慌吧？」

「我只是說，如果真有兇手的話或許會有聲音，可是你們卻這樣聯手攻擊我！」

「好了，別吵架嘛！」我發揮了善良婆婆的作用，和氣地對著他們三個人笑了笑。

「哦！真熱鬧啊！」直之頂著一頭濕髮出現了，大概是剛泡完溫泉。「泡湯真舒服，本間夫人不去泡一下嗎？」

「哦，我傍晚的時候泡過了。」

「那我要去洗了。」加奈江一臉不悅地站起身，空出的位置剛好換直之坐下。

「你們在聊什麼？」他笑笑地問，但由香、健彥都沒答腔。

剛起身的加奈江回過頭說：「剛剛說到殉情案那晚的事。如果他們真的是被人陷害的，想問問看有沒有人有線索。」

「哦，那件事啊！」直之似乎對這個話題不怎麼感興趣，表情看起來有點掃興的樣子。

「舅舅知道什麼嗎？半夜有沒有聽到什麼聲音？」加奈江大概又沒注意到他的表情，單刀直入地問了。

由香正要開口說話，直之卻搶先回答道：「沒有，不記得了，因為那天睡得很熟。」

「那直之也是聽到蒼介的叫聲才醒來的嗎？」我問。

他笑了笑說：「是呀！他實在太大聲了，嚇了我一大跳。」

「您當時住在哪個房間呢？」

「跟這次一樣，在『葉之壹』。」

「伯母，」此時，由香突然從椅子上站起來，害我愣了一下，然後她淡淡地說：「先失陪了，我要去洗澡了。」

「好，好，去吧！」

「那我也先告退囉！」或許由香不在沒意思吧！健彥也跟著她步出大廳。

目送他們離去，我對直之微笑說：「年輕人在真熱鬧，而且由香和加奈江長得又漂亮。」

「根本不知道她們腦子裡在想什麼，一不小心惹她們不高興可就慘囉！」

「哎呀！瞧你說的，真是誇張。」

「真的啦！」直之意有所指地瞄了一眼走廊的方向，再回頭看看我，然後笑著說：「喝點東西吧！夫人要喝什麼？」

我回答：「什麼都好。」於是他請小林真穗去拿威士忌來，順便來點小魚，配上熱烏龍茶。我不想與這個男人獨處，但現在起身離開也不太自然。

「前橋還很冷吧？」他問。

「是啊！不過最近庭院的盆栽終於發芽了呢！」

本間夫妻就住在前橋，他們家是幢木造兩層樓的小房子。

「聽說您沒和家人同住啊？」

「對，本間去世後，我就一個人。」

講這句話時，我想到菊代夫人絕不會讓人感受到她的寂寞孤單，因此我盡量模仿記憶中她說話的表情。

「一個人多少有些不便吧！要不要請個幫傭？」

「我也這麼想過，但沒人要來，我也找不到可以相信的人。」

這是菊代夫人常掛在嘴邊的，她總是會接著說：「不過，一個人反倒輕鬆，也有好處。」

「您附近的鄰居呢？」

「最近比較疏遠了。年輕一點的，都不喜歡做家事。」

「是嗎？或許是吧！」直之欲言又止，我猜他一定很想接著說，老年人獨自在家生病倒下，恐怕沒人知道。但直之接著說：「不過，與本間夫人相處的感覺很奇妙、很不可思議，我一點都不覺得是與年長的人相處在一起。」

「那是因為我的個性本來就比較幼稚。」我低下頭，不敢直接面對他。

「不，我不是那個意思，應該說您的內在還很年輕……」

危險！得趕快轉移話題才行！

我突然說：「茶怎麼還沒來呀？」

我這麼一說，他才一副突然想起的表情說：「對喔！怎麼那麼慢啊？我去看看。」

看著他起身離去的背影，我稍微鬆了口氣，從懷裡取出一面小鏡子，看看妝掉了沒。還好，沒問題。

直之的催促果然有效，不久，喝的東西就端來了。他邊喝著威士忌加水，一邊侃侃談起他在美國的工作及生活。我學起菊代夫人，臉上浮著笑容微微低首，偶爾點頭同意、偶爾回應幾句。

「你們聊得真起勁啊！我可以加入嗎？」曜子也來了，在直之旁邊坐了下來。

「我在聽直之講國外的事。」

「那他有沒有提到外國女人啊？」曜子一邊笑、一邊替自己也弄了杯威士忌加水。

直之苦笑說：「妳不了解我們在美國的辛苦，才會開這種玩笑。跟著高顯大哥可是很操的哩！」

「大哥都說那是要磨練你了，不讓你吃點苦頭，將來怎麼成為一位優秀的企業家呢？」

「吃點苦頭？那才不叫一點苦頭哩！」直之誇張地皺起眉頭繼續說：「高顯大哥的精力可不是普通人的境界啊！這也是他一舉成功，給一原家帶來那麼一大筆財富的原因。可惜，死得早卻什麼都沒享受到，那些錢也帶不進墳墓啊！」

話題逐漸轉移到高顯先生的遺產上去，這大概是曜子的企圖吧！

「再說到繼承……」直之呆望著杯裡的冰塊說：「那也是件麻煩事啊！」

「大哥寫遺囑，是不是有什麼陰謀啊？」曜子小聲地問。

「妳別用『陰謀』這種恐怖的字眼好嗎？」直之苦笑著。

「可是他一定另有所圖吧？不然分遺產這種事，怎麼不交給我們處理？」

「這樣才好呀！沒遺囑的話，不知道會有多少糾紛哩！」

「話是沒錯，只是感覺不好。他喜歡誰、不喜歡誰，大夥不都清楚得很？」

「隨便啦！他給什麼我都只能接受啦！大哥要是什麼都不給我也沒辦法，只能怪自己平常表現太差了吧！」

冰塊「喀啦」一聲，直之看著我笑了笑。

「你倒好，實際上你等於繼承了大哥的公司。他已經幫你做起來了，你也算是接受了他不少恩惠囉！」

「姊姊也不差呀！以妳現在的情況，這些遺產也算不了什麼嘛！姊夫的不動產生意，也一直很不錯，不是嗎？」

「嗯，話是沒錯，只是……」說完，曜子看了看旁邊，小聲地嘆了口氣，表情有點僵硬。

「蒼介哥也不缺錢吧？意思、意思拿一點應該就可以了吧？」

「不過，事實上好像不是那樣喔！」曜子故意皺著眉說：「他最近好像又要出來。」

「出來？該不會是……」

「當然是選舉呀！他以前不就說過了嗎？結果那次沒選，但今年好像是認真的。」

「上次是因為高顯大哥不支持他才放棄的吧？」

「因為大哥認識很多議員，所以不希望自己的親人踏入政壇。」

「難道他認為大哥不在會更有機會嗎？選舉可是要花很多錢的呀！」

直之用手指敲了桌子幾下，看著我皺著眉說：「抱歉，讓您見笑了。」

「真的，這是我們的家醜。」

「不會、不會，」我揮揮手，「我活到這把年紀也很少遇上這些事，倒覺得很有意思。出來競選，選上的話不是更好嗎？」

「嗯，選得上嗎？」

「換個話題吧！說點輕鬆的。對了，談談你們加奈江的婚事吧？」直之說。

「哎呀，原來她要結婚啦？」

我說完，曜子笑笑地搖搖頭。「她本人好像還沒那個意思，好幾次都有人要幫她說媒，但一提到要交換相片她就拒絕了。」

「大概有心上人了吧？」直之笑著說。

「有的話倒好，以我看來是沒有。不過這種事，做媽媽的感覺都不準。」曜子聳聳肩。要了解那位小姐的心事，確實不太容易。

「令嫒那麼漂亮，一定有很多仰慕者追求，只是不知道該選哪一個吧？」我客套地說。

「謝謝，可惜完全不是那麼回事。坦白說，她還是個孩子。我老公也說，她不到三十是沒辦法當人家媳婦的。」

「那麼說太嚴格了吧？」我像個老太婆般癟起嘴來笑了笑。

「比起加奈江，應該是由香先結婚才對吧？只是紀代美好像不肯放手。」

「她跟健彥不知道相處得如何？以前就說要讓他們兩個在一起的。」

「是嗎？」曜子有些輕蔑地揚起嘴角說：「我看只是健彥單方面喜歡她，由香根本沒那個意思。」

「可是蒼介兄好像很看好他們兩個喔？」我說。

「當然，由香嫁過去的話，財產就有兩倍了呀！」

聽了曜子的回答，直之噗哧地笑了出來說：「有那麼單純嗎？」

「蒼介哥的腦袋就是單純呀！和他比起來，比較有謀略的應該是紀代美。她希望由香嫁給政商相關人士，所以如果哥哥出來選舉，甚至當選的話，或許她就會答應了吧？只是……」曜子身體向前，神秘兮兮地說：「聽加奈江說，由香好像有中意的對象了。不知道是誰，但好像不是健彥。」

「是喔！我還是第一次聽說。」直之一臉誇張的表情，同時將變淡的酒，咕嚕咕嚕地再添進了許多威士忌。

「直之，那你沒有中意的對象嗎？」我半認真地問。他這個年紀還單身，讓我一直覺得很好奇。

「沒緣分。雖然我這個年紀已經不適合再被叫單身貴族了，但沒辦法，就還是個王老五。」

「說這種話，其實是你眼光太高、太挑剔了。本間夫人您說說看，快要四十了，我弟弟還是個單身漢，我們敢大聲地跟別人說嗎？」

「怎麼槍口對到我這兒來了呢？看來這個話題也不太好。」直之一副開玩笑的口氣。

比起面對蒼介時，這對姊弟感覺融洽許多，也許是因為他們同父同母的緣故吧？

我想把話題轉到自殺案上，心想曜子比較可能會談，不過直之也在，總覺得不好開口。

我看了看他們姊弟倆，起身說：「我也差不多該休息了，有點累了。」

「也是。明天不用早起，請您好好休息。」直之說。

「晚安。好期待明天啊！」曜子也接著說。

「晚安。」我連忙點頭回禮，離開了大廳。

10

經過迴廊，本來打算回房間的，但忽然想去庭院看看。庭院裡到處都裝有照明燈，可以悠閒散步，不需特別注意腳下、擔心跌倒。再過兩個禮拜，就可以賞夜櫻了吧？

水池邊有個長椅，確定不髒後我才坐下。池面上映著迴廊亭的倒影，抬頭一看，對面剛好是「居」棟。

霎時，往昔的恐懼與絕望又向我襲來。或許，那時葬身火窟、不明不白地死去，才是最幸福的。現在的苦，令我痛不欲生。

二郎！我的二郎！

他的聲音、他的笑臉、那充滿年輕活力的肉體，再也不會回到我身邊。我這輩子唯一的戀愛，以令人無法想像的殘酷形式就此結束了。

不知不覺間眼淚掉了下來。只要想到二郎，不論何時都令我心碎。

我趕緊用手帕按住眼睛，卻發現附近有人。一看，女主人正好走過來。她看到此時這裡有人，也嚇了一大跳。

「晚上的夜景很棒吧？」她馬上又恢復女主人的職業笑臉。

「是啊！我欣賞好久了。」說完，我立刻從長椅上起身說：「女主人也出來散步嗎？」

「我在巡房。平常不需要，不過今晚有客人。」

「有勞您了。」

「也沒什麼，順便散散步囉！」

我們不知不覺地並肩站著，低頭望著水池。

我心想這女人有殺我們的動機嗎？其他人會有，目的是遺產。可是這女人，就算我們死了，對她而言也沒什麼好處。

硬要說的話，難道是嫉妒？

或許有可能。自始至終她都是情人，最後高顯先生卻沒向她求婚，結果一個不過才當了六年的女秘書，卻奪走了她企業夫人的寶座。一時衝動之下，她或許會把我們給殺了吧？

不對！我歪著頭想。那不是一時衝動，是計畫縝密的謀殺。如此說來，小林真穗的嫌疑就減輕了。

「怎麼了？」我一直盯著她的側臉，她似乎覺得奇怪。

「沒事。」我這才恢復了笑容，笑著回答她。「請問，妳在這家旅館待多久啦？」

「嗯，前前後後差不多快二十年了吧！」小林真穗抬起頭望向水池。

「妳一直都單身嗎？」

「是啊！」她點點頭說：「我本來跟一原先生說過結婚後就要辭職，但工作太忙，一直沒有時間管別的事情。」

「沒有好的對象嗎？」

「應該這麼說，當初來這裡上班時，就錯過了姻緣。」小林真穗尷尬地笑了笑。

「妳真愛說笑。」我也將笑容堆滿臉上。

笑容在真穗的臉上停了一下，隨即又恢復一臉嚴肅地望著池面。她長長地嘆了口氣說：

「一原先生非常喜歡這家旅館，他說這裡比自己的家更能讓他放輕鬆。」

我點點頭。這一點我當然知道，高顯先生來這裡時，大多數時候我都一起。

「當這裡的女主人，可能不久了，就看明天的結果如何……」

小林真穗語重心長地這麼說，讓我感到很意外。她介意誰會成為下一個經營者是理所當然的，只是我不認為她會是把這種事掛在嘴上的人。或許她認為我是個局外人，不知不覺間吐露了心事吧？

「不用擔心，」我說：「大家都非常認同妳的能力。不管誰經營，一定都會讓妳繼續做下去的。」

「謝謝！」她微微點頭，繼續說：「不過坦白講，我有點累了，也差不多該休息、休息了。」

「這樣啊……老客人可會失望的唷！」

「不，怎麼會呢？」她難為情地將手放在嘴邊說：「莫名其妙地說了這些，希望您可別說出去。」

「當然，我不會的。」

我們進入迴廊後，眼前出現了左右兩條路。

「那我就先失陪了。有什麼事的話，請打電話給我。」

「好的，晚安。」

與她分手後，走過迴廊橋，我回到自己的房間。先把門鎖上，我吐了口氣後，兩腿一軟地坐下。

終於平安無事度過了好一段時間。

相當成功，沒有任何人識破我的偽裝。並且，我也接觸了所有的人。

接下來就等對方出手了。一直身在暗處的那個人，今晚一定會採取行動的，因為明天之後就沒機會了。

看看手錶，時間剛過十一點，以一個將近七十歲的老人來說，這時上床睡覺是理所當然的。我換上睡衣，把那封信放在枕頭邊，也就是那封桐生枝梨子的遺書。

我把大門的鎖打開，再輕輕地關上。敵人一定會以為門是鎖住的，所以可能會從辦公室裡偷出萬用鑰匙，但萬一不慎卡在門口被人看見就麻煩了。我不鎖門可是替兇手著想。

接著我把皮包打開，取出一個小型的攝錄機。那是一台八釐米的攝影機，最多可以錄影長達兩小時。我將電源線插上插座，再把套子套在機器上，只露出鏡頭的部分，並調整位置對準房間的入口。開關打開，確認讓鏡頭給遮住，機器上面蓋一條毛巾，電線則用枕頭遮掩。

「這樣就可以了。」我有些得意地喃喃自語。萬事俱備。

留一盞小燈，我鑽進被窩裡。這一點光線就足夠錄影了。

全新的棉被散發出獨特的香味。我覺得聽得到一點攝錄機動作的聲音，但不知道的人可能會以為是冰箱的聲音。我絕不退縮，畢竟走到這一步也回不了頭了。

雖然閉著眼，但我根本睡不著，精神緊張、異常亢奮。這是當然的，我現在可沒心情睡覺。

在黑暗當中，我一動都不敢動，不禁想起那一晚的事。半夜裡我的頸子突然被人勒住，而那一瞬間，我的青春就結束了。

從遇見二郎之後才開始的短暫青春。

11

「枝梨子簡直像個心理醫生。」從電影院出來，二郎打趣地說。

「會嗎？為什麼？」

「電影裡的人說話時，妳一邊聽、一邊點頭，好像在幫人家諮詢。」

「討厭，你看到啦？」我純真羞澀地說：「那是我的怪癖，連看電視劇，都會不知不覺地點頭。」

「是喔！現在想像那個畫面，好像有點恐怖耶！」
「喂，你很過分唷！」
我倆對笑了一陣後，我問：「你看過心理醫生？」
「看過啊！」他面不改色地說：「在孤兒院的時候看過。大概是我十五歲的時候吧！那個時候我什麼壞事都幹，院長受不了了，就帶我去見心理醫生。」
「你做了什麼壞事？」
「很多啊！把學校裡的東西一個個偷出來，拿去當舖，再把換來的錢拿去賭馬什麼的。不知為什麼，也不是特別為了要錢，就是想做一些讓老師不高興、會皺眉頭的事。大概沒被教好，就想調皮搗蛋吧！」
「那心理醫生怎麼說？」
「什麼都沒說，診斷結果是不會告訴我們的。不過後來老師亂溫柔的，溫柔到讓人覺得很恐怖。」
「心理醫生一定說你是好孩子。」
「是嗎？不太可能吧！」二郎抓抓頭。
每當和他走在一起，都會有年輕女孩偷瞄他，他就是那麼引人矚目。與他的出身相比，他的外表彷彿戴著一張完美面具，雙腿修長到可以當流行雜誌裡的模特兒。被周圍的人猛盯著瞧，他顯得侷促不安而沒有自信，但心裡卻充滿洋洋得意的滋味。

我問過他有沒有交過女朋友，他回答沒有。

「妳看，我只有高中畢業，沒親人又沒前途，女孩子怎麼會喜歡我？」

「真的嗎？」

「是啊！枝梨子呢？一定男朋友一大堆吧？」

我猶豫著不知該如何回答。我很不想承認這把年紀了，還沒有一點戀愛經驗，但我還是據實以告地說：「當然沒有囉！像我這麼沒有魅力的女人已經很少見了。」

他不服氣地說：「才不會呢！」接著又笑著說：「太好了，那我就是妳第一個男朋友囉！」

「男朋友……對啊！」

這句話讓我欣喜若狂，整個人都飄起來了。

男朋友。

這個目前為止與我絕緣的名詞，聽在我耳裡有多麼甜蜜。

當時我真的認為，為了他我可以去死。若有人要奪走他，不管是誰我都絕不答應……

12

有聲音，我張開眼。

看看我做了什麼蠢事？我居然差點睡著了。大概是因為緊繃著神經太累了。

我兩眼直盯著一片黑暗，然後聽到紙門拉開的聲音，接著有一道淡淡的光線透了進來。

有人進來了。

那人手裡拿了一個小型手電筒，燈光非常微弱，大概前面被毛巾或什麼東西蓋住了。微弱的燈光慢慢靠近我，我趕緊閉上眼。要是被發現我是醒著的，一切就都毀了。

我只能用耳朵搜尋對方。踩榻榻米的聲音越來越靠近，我心跳加快，一股衝動讓我想要大叫。

腳步聲就停在我的頭旁邊。我好想睜開眼，但不行。對方應該是一邊盯著我、一邊行動。這是誰？究竟是誰？

我腦海裡突然有股衝動，不如現在就起來與對方拚個你死我活。不行！不能這樣，這樣成功的機率一定不大，一不小心我還可能會被撂倒，要是被人聽見趕過來，那就泡湯了。現在只能忍耐。

攝錄機應該在運作吧？現在到底幾點了？底片只有兩個小時，要是沒拍到兇手的身影，可就前功盡棄了。

我感覺到有氣流掠過我的臉，應該是對方拿走了信封，然後是逐漸遠去的腳步聲。

紙門拉上了，接著是房門開關的聲音，還有「喀啦」一聲門鎖關上的金屬聲。

我從被窩裡跳起來，枕邊的信封果然不見了。看看錶，時間是凌晨一點十五分，距離我鑽進被窩大概過了兩個小時。

我趕緊查看袋子裡的攝錄機。機器停了，大概是底片拍完了。什麼時候拍完的呢？時間上應該才停沒多久。

黑暗當中，我把攝錄機接上電視。稍微倒帶後，按下播放鈕。要是沒拍到兇手——想到這裡我就全身發燙。

畫面出來了。黑暗當中，可以看到和式紙門，這是兇手進來之前的畫面。

我咬著大拇指的指甲。如果什麼都沒拍到的話就白搭了。啊！我真是太粗心大意了。本來計算好卡匣時間，打算快拍完時再換卡匣，竟然打起瞌睡所以忘記了。

正當我責怪自己時，畫面突然開始動了，紙門也拉開了。我心裡不禁狂喜。

有人進來了。但畫面實在太暗，而且鏡頭角度不對，並沒有拍到臉。但看得出來是穿旅館裡的浴衣，很明顯是個女性。

她經過鏡頭前面。腰很細。是誰？到底是誰？

她從畫面中消失了一會兒後，又出現了，可是看不到臉。我緊緊地咬著牙。

紙門被拉上了，底片大概也同時間拍完了。但在這之前，我覺得有個東西閃過畫面，是她的臉往這邊看。我趕緊再倒帶，按下暫停的按鈕。

啊，這是……

真的嗎？真的是嗎？這個人真的是當時的兇手嗎？

畫面裡拍到的是一原由香。

13

一直等到凌晨三點。

我之後完全沒睡，一直在想，為什麼是由香？為什麼她要來？這麼想或許很笨。為了要找出自殺案的設計者，我特別以桐生枝梨子的遺書作為釣餌，誘使對方現身。結果她中了圈套，她不就是兇手嗎？

當然有動機，就是為了高顯先生的遺產不被別人奪去。只是有一點我無法釋懷。那個由香，她膽敢做這種無法無天的事嗎？不，或許我想太多了，人不可貌相。她天生就是千金小姐，雖然長得漂亮，並不代表她沒有俗不可耐的貪欲。

我有些猶疑，但還是爬出了被窩。不管怎樣，我沒法這樣等到天明。除了偷遺書之外，由香一定和那起遭人設局的自殺案有什麼牽連。

我有辦法讓她招供。她現在應該還在睡覺吧？我要把她的手腳綁起來，問她為何要偷遺書。說不定兇手另有其人，只是唆使她去偷的。雖然這樣有點可憐，但即便這樣我也要讓她死。共犯與主嫌一樣都要接受懲罰，這是當初我決定復仇時，就想好了的。

為了綁住由香的手腳，我拿了兩條腰帶放在懷裡，再從袋子裡取出備份鑰匙。這個備份鑰匙和旅館裡的萬用鑰匙一樣，那其實原來是高顯先生的，幾年前寄放在我這裡，結果一直由我保管著。

為了不留下指紋，我兩手戴上白色手套。我不是怕警察，但被捕之前，我還有很多事要做。

是否要變裝？我猶豫了一下。我有點想要讓對方看看我的真面目，但最後還是決定以老太婆的裝扮步出房間。只許成功、不許失敗。以這身裝扮出去，萬一發生任何意外，臨時改變計畫還來得及。

館內一片寂靜、鴉雀無聲，燈光也調到最暗。寂靜當中，我走進迴廊。為了不發出聲音，我沒穿拖鞋，只穿了一雙很厚的襪子。

我確定由香住哪一個房間。晚餐後她曾說過自己跟起火當天一樣，住在「葉之參」。

在長長的迴廊上走了一會兒，不久，我來到「葉之參」的門前。瞧了瞧四周，確定四下無人，我屏氣凝神地把鑰匙插進鑰匙孔內。

「喀嚓」的清脆聲響，在深夜裡清晰到我的心臟都快停止了。我再看了看周遭，打開門溜了進去。以防萬一，我得先把門鎖上。

一雙拖鞋整齊地排放著。我小心翼翼地不發出任何聲音，慢慢地拉開紙門。

房內點了一盞小夜燈，整個空間籠罩在黯淡的燈光下。微光之中，隱約可以看見棉被。鼓起來的棉被裡，顯然有人。

我集中注意力聆聽，應該聽得到呼吸聲才對，但我只聽到外面的風聲。她睡著了嗎？還是醒著卻假裝按兵不動呢？不管那麼多了，我決定踏進屋內。踩在榻榻米上發出的吱嘎微響，更讓我的心臟緊緊揪成一團。

我看見黑黑的頭，敵人就潛在棉被裡。我靜悄悄地走近她，在她身邊彎下腰。

我覺得她大概是睡著了。若是醒著，一定會感覺到有人進來，不可能沒有任何反應。

接下來怎麼辦？

先確定臉。我應該不會弄錯，只怕萬一。我掀起棉被的一邊，慢慢打開。

沒錯，就是一原由香的臉孔。

但她的眼睛是張開的。她趴在床上，歪著頸子，臉對著我。

看到這種情形，我該如何反應呢？我看著她、她看著我，雙方卻都沒作聲，也沒變臉。時間彷彿停格一般。

我覺得她現在就要大叫了。為了阻止她，我用兩手抓住了她細細的頸子，然後勒住，閉上眼睛死命地勒緊。

過了一會兒，我卻感覺相當奇怪。就算頸子被我勒住了，由香卻完全不抵抗，像個人偶般動都不動。她的頸子像人偶一般冰冷，也不夠柔軟。

我戰戰兢兢地睜開眼，與她四目相望。我嚇了一跳，接下來的瞬間是更大的衝擊。

我慌張地鬆開手，身體失去平衡，趕緊往後退，然後一屁股坐在地上，發出「咚」的一響。

她表情依然沒變，兩眼空洞。我嚥了嚥口水，嘴裡異常乾燥。

由香死了。

不是我殺的。我勒她脖子的時候，她就已經死了。我掀開棉被，忍不住發出一小聲驚嘆。由香的腹部沾滿了血，腋下插了一把刀。她真的被殺了。

怎麼會這樣？究竟發生了什麼事？

我腦海裡一片混亂。該怎麼辦？我已經完全無法冷靜思考了。

我眼前能想到的，就是趕快收回剛才那份遺書。我跌跌撞撞地起身，旅行袋裡、衣服口袋裡、洗臉盆旁邊，我一一查看，但就是找不到遺書。

接著我才發現，室內一片雜亂。在我搜查之前，已經有人搜過了。

所以，遺書已經不在這裡，是殺死由香的兇手拿走了。這麼說來，由香並非是設計自殺案的兇手囉？那由香為何要偷遺書呢？

我不能在這裡呆立不動。其他的事以後再說，現在得趕快離開這兒。我迅速地看了看周遭，確定自己沒留下任何痕跡。不能讓人知道我進來過。

我正要把棉被歸位時，發現榻榻米上有由香的血跡。仔細一看，好像是她用左手寫下的字。那個字看起來像英文字母「N」的反字「И」。

這是臨終留言嗎？難道這個字暗示著兇手真正的身分？

我記住這個字型後，從由香身上拔出刀，用刀的尖端在「И」上亂塗一通。等符號被塗得無法辨識後，我再把刀放回棉被裡。如此一來，就只有我知道由香的留言了。

我的手放在門把上，正要步出房門。外面有聲音傳來，是對面開門的聲音，就是「葉之壹」直之的房間。

這種時間，直之在做什麼？

等了一會兒，我聽到輕微的腳步聲，但卻旋即消失。他該不會在門外吧？他到底在做什麼？我開始焦躁不安。隨便闖出去，一定會和他撞個正著。

事不宜遲。我回到房內，打開另一邊的玻璃窗。那裡放有一雙室外用的木屐，但我現在可不能穿。我穿著襪子直接踩在土上，只想著先逃出去，此時一點也不覺得冷。

烏雲遮月，朦朧的照明燈此刻對我來說簡直奇亮無比。我彎著腰小跑步，生怕被人發現，不知不覺間更加快了腳步。

跑到一半碰上水池，若要過橋還得繞一大圈，更要冒著被燈光照到的風險。放眼望去，池面曲曲折折，最窄的地方大約兩公尺寬。我鼓起勇氣用跳遠的方式一躍而過，而且我跳得比想像中還遠。這得感謝常讓我上健身房的高顯先生，因為他常說工作就是要鍛鍊體力。

我就這樣繼續朝著「路」棟的方向跑，最後終於抵達「居」棟。剛才把玻璃窗的鎖打開是對的。一進房間，我就累得癱倒在棉被上。

14

嘈雜聲四起時，我還在房裡。為了七七四十九的法事，我正在穿喪服。當然，我早就知道這件喪服是用不上的。

有人用力敲我的房門，是直之。他也穿著喪服，但沒打領帶。

「不得了啦！」他滿眼血絲地說：「由香……死了。」

「什麼……」

這一刻的表情，我練習了好久。兩眼失焦、呆若木雞地張口不動，然後再慢慢地搖搖頭說：「不會吧？」

「是真的，我不是開玩笑的，看來是被人殺害了。」

「被殺？」我兩眼睜得大大的問：「被誰殺的？」

他搖頭說：「還不清楚，可能是強盜殺人……紀代美去房間叫她，沒人應門，房門也上鎖了。她從後面院子進去，發現由香死在棉被裡。現在我哥正在報警。」

「怎麼會發生這種事……」我閉著眼、兩手放在臉頰上，假裝調整呼吸說：「真不敢相信啊！」

「我也是，感覺很不真實，但實際上就是發生了。本間夫人，不好意思，麻煩您馬上到大廳去。法事的準備就取消了，雖然對高顯大哥很過意不去，不過誰知道七七四十九這天會發生這種事！」

「就是說啊！好，我這就去。」

關上門後我全身虛脫。好險沒問題，演得不錯，直之好像並未起疑。

我補了一點妝後前往大廳。一原家族的人幾乎全都到了，連女主人小林真穗也來了，其中只有一原紀代美不在。

我坐在最前面的一張桌子。沒人理我，大家都一臉沉痛，沉陷於各自哀傷的思緒中。連一向活潑的加奈江，都坐在角落裡低聲啜泣著，身邊的健彥也兩手抱頭。

「就是啊！總之出事了，法事也暫停了，我們不知道什麼時候才能回去。對，是啊！警察還沒來，應該快來了。好，我會小心。」

曜子的聲音分外刺耳。公共電話另一頭的，大概是她丈夫。原本預定今天要來的，應該是叫他不用來了。

「請問一下，由香小姐的情況如何？」唯恐干擾別人，我小聲地問直之。

「聽說是肚子上被人刺了一刀。因為其他地方沒沾血，可能是睡在棉被裡時遭到攻擊。」

「唉……」我皺著眉，假裝過於悲痛，聲音哽咽。

「由香的房間，有一個玻璃窗沒鎖，房間也被翻得亂七八糟，應該是小偷幹的。」

過了一會兒，蒼介出現了。他也身著喪服，後面還跟著一位身材瘦削的中年警官。「刑警應該快到了，你們在這裡等一下。」蒼介一臉疲憊地說。

「全員到齊了嗎？」警官看了看大家後，開口問蒼介。

「不，由香的媽媽在房裡，她在休息，大概是打擊太大了。」

「原來如此，說得也是。」警官點點頭表示贊同，接著說：「請各位不要離開。一定要離席的話，請先跟我說一聲。哦，要上廁所的可以自行前往。」

他剛說完，曜子和加奈江便起身去上廁所，其他人則好像沒聽到警官的話。

不久，大批的搜查員警透過縣警的通報來到現場，有穿制服的警官，還有一些便衣刑警。他們進進出出，看起來毫無秩序，但其實他們一定是依照平常的訓練程序，各自採取行動。

穿著制服的年輕警官過來，表明說要採集每個人的指紋，大家的臉上泛起了緊張的神色。為了緩和大家的情緒，直之開口說：「這是消去法。從由香房裡的指紋，消去相關人員的之後，剩下來的就是兇手的指紋。」

很有效的一句話，大家都鬆了口氣。

一位名叫矢崎的警部，似乎就是案發現場負責人。他的模樣看起來還不到五十歲，體型修長，戴著一副金邊眼鏡，給人的第一印象頗有紳士風度；不過鏡片後面的眼神，銳利得讓人害怕，給人的感覺與其說是外表威嚴，毋寧說具有學者般的冷靜頭腦。他看起來是個強敵——令我感到不安。

「昨晚有沒有人聽到什麼聲音？譬如說話的聲音？」

矢崎詢問大家，但沒人回答。

接著他換了一種方式問：「那麼，半夜有沒有人醒過來？不管幾點都沒關係。」

還是沒人回答。

我斜眼看看直之。真奇怪，昨晚他房裡明明就有聲音。

直之開口問：「兇案發生時大約幾點？」

「確切時間要等解剖結果出來才知道，大概在半夜一點到三點之間。」

或許不是什麼偵查機密，矢崎警部爽快地回答道。

「當時我可是睡得很熟。」曜子喃喃自語著。

「我也是。」加奈江模仿媽媽的語氣說：「那種時間，當然是在睡覺了。」

說完警部點點頭，繼而轉向小林真穗。「最近，這附近是否看過可疑人物出現？或聽到什麼謠傳呢？」

迴廊亭的女主人猶豫了一下說：「可疑倒是沒有。」接著說：「偶爾有外人會把車靠邊停，盯著旅館看。這家旅館的造型特殊，常被雜誌介紹，所以有些人會過來湊熱鬧。」

「這兩、三天也有這種事嗎？」

「可能有，我沒注意。」

「那些人，目前為止有帶來什麼麻煩嗎？」

「他們那樣做就是帶給我們麻煩，對我們的房客倒是沒有危險。」

「昨晚住在這裡的人好像全是被害者的親戚，那其他客人呢？」

「不，其實……」蒼介趕緊代小林真穗解釋，說目前這家旅館暫停營業。矢崎警部也發現這裡沒有其他員工，才恍然大悟。

「哦，對了，」真穗開口說：「昨天白天，突然有一位客人過來，他大概不知道我們暫停營業了，還說要住宿，不過等我解釋過後他就走了。」

「那個人的長相，等會兒要請您再跟我們說清楚一點。」

矢崎警部指示年輕刑警，謹慎地將小林真穗的話記在筆記本上。她沒問那位客人的名字，只記得容貌和體型。

「昨天各位是一起到的嗎？」聽完真穗的說明，警部問大家。

「除了本間夫人之外，」蒼介回答，「我們先集合，再分三輛車過來，所以幾乎是同時間抵達。」

「跟由香小姐同車的是哪位？」

「我和加奈江。」健彥說。

警部轉向他。「路上有沒有碰到什麼奇怪的事？譬如說碰到誰？或由香小姐的樣子很奇怪之類的？」

「嗯，我沒注意。」健彥沉著一張臉看著加奈江，加奈江也搖搖頭。

「沒什麼特別。」

「這樣啊！」

「請問，」曜子戰戰兢兢地說：「由香不可能是自殺的嗎？」

「不可能。」警部立即否定了這個看法。「被認定是凶器的刀柄上，沒有由香小姐的指紋。那把刀，是斷氣之後被人拔出來的。還有件事更奇怪，由香小姐的脖子上有被人勒過的痕跡，是她斷氣之後被人勒的。」

我的心臟狂跳了一下。由香的身上竟然還有我的勒痕？

「用刀刺殺，再勒脖子……兇手為什麼要這樣？」直之問警部。

「不知道，我們也想釐清。」

除了我之外，應該沒人答得出來。現場氣氛又再度凝結。就算是刺殺由香的兇手，現在聽到警部的話也會毛骨悚然吧？

「昨晚，最後見到由香的是誰？」

「加奈江吧！」蒼介說：「妳們不都一直在一起嗎？」

「可是泡完湯，我們就各自回房間了。」加奈江回答。

「從澡堂出來是幾點？」

「十一點左右。」

「之後就沒人跟由香小姐說過話了嗎？」

對於警部的問題，眾人又陷入一陣沉默，然後直之才有所顧忌地說：「應該就是我了，她十一點半左右來我房間。」

「為什麼？」

「她拿著一瓶白酒和開瓶器過來，叫我幫她開酒。」

「葡萄酒嗎？」

好像聽到意外的事，警部一臉困惑。

「哦，對。」小林真穗說：「之前她來廚房，問我有沒有酒，我就拿了瓶白酒和杯子給她。」

「還有開瓶器吧？」一旁的曜子說。

小林真穗點頭說：「我問她要不要幫她開，她說她自己會開，拿了開瓶器就走了。」

「結果打不開，才去找直之。」蒼介一個人自言自語著。

「那時候由香小姐的樣子如何？」警部看著直之。

「我覺得跟平常沒什麼兩樣。」

「你們說了些什麼？」

「沒說什麼。我倒了點酒，她就出去了。」

「原來如此。待會兒如果還想到什麼請隨時告訴我。」

此時另一位刑警進來，交給矢崎警部一張看似相片的東西。他瞥了一眼後放在桌上，並對大家說：「由香小姐的腹部插了一把刀，這應該是一把登山刀，有沒有哪位看過？」

大家都湊上前看。那是一張拍立得相片，照片裡有把藍色刀柄的短刀，刀刃上沾滿血淋淋的黑色血跡。

「沒有嗎？」矢崎警部再問了一次。

「沒見過。」直之說。

「這裡沒有人爬山吧？不過聽說高顯大哥以前有一陣子會去。」蒼介說。

「當然沒見過囉！這應該是兇手帶進來的呀！」曜子一副很不滿的口吻。她大概想到警方可能在暗示，兇手是內部的人。

「兇手不一定一開始就持有凶器，我只是想確認一下。」

大概不想刺激相關人等，矢崎警部很快地就收起了相片。

「聽說房間被翻亂了。請問有東西遺失了嗎？」蒼介問。

「這點還不清楚。我們原本想請媽媽到房間清點由香小姐的行李，不過看來現在是沒辦法了。我們大致檢查過，並沒有發現遺留錢包之類值錢的東西。」

果真如此，幾個人點點頭。

「那……」健彥猶豫了一下開口問。

警部看看他說：「有什麼事嗎？」

「由香除了被刺之外，有沒有其他傷口呢？我說的不是割傷，是……」

大家都知道他想要問什麼，矢崎警部也了解似地點頭說：「沒有被強暴的跡象，至少遺體看來沒有那種痕跡。」

能在相關人士前明快地說出這種事，真不愧是老經驗的刑警。健彥聽了立刻鬆了口氣，但隨即又抱著頭。他大概覺得人都死了，是否被強暴也無關緊要了。

一位制服警官走進來，在矢崎警部耳邊低語。之後警部對蒼介說：「有位叫作古木先生的人來了。」

每個人都抬起頭來。

「他是家兄聘的律師，」蒼介代表回答，「請讓他進來。」

矢崎點頭，對旁邊的制服警官使了個眼色，警官隨即走出大廳。

「家族旅行竟然有律師參與，這是怎麼回事？」警部滿臉狐疑，似乎在怪大家並未說出實情。蒼介惶恐地連忙解釋公布遺囑等相關事宜，這位現場最高負責警官聞言隨即臉色劇變。大概是多年辦案的經驗，讓他覺得這件事頗有蹊蹺。

剛才出去的警官，帶進來兩位男士。走在前面的是瘦得像雞骨頭似的老人，他是古木律師。我不禁伸直了背脊。

「一原先生，這究竟是怎麼……」老律師走到蒼介旁邊，以炯炯有神的兩眼看著大家。

「我也不知道。」蒼介無力地回答。

「由香怎麼會碰到這種事？」

「古木先生，專程把您請來真是不好意思，不過今天大概不適合公開遺囑了。」直之似乎有點惋惜地說。

「我想也是啊！」

「您是古木先生吧？」一旁的矢崎看了看站在古木律師身後的人，插口道：「可以請教您嗎？這位是……」

「我是鰺澤弘美，古木律師的助理。」

他不但說話口齒清晰，還長了一副五官端正的臉蛋，再配上年輕的肌膚，讓旁邊的加奈江直嘀咕說：「好俊美喔！」

「原來如此，那麼請兩位一起，這邊請。」矢崎警部帶著古木律師及鰺澤弘美往餐廳的方向走去。

他們的身影消失後，四周鬱悶的氣氛比剛才還教人難受。帶古木律師他們去別間問話，讓大家的心情更加沉重。遺囑公開的前一晚，其中之一的關係人被殺——這可能是巧合嗎？矢崎不至於那麼愚蠢吧？

受不了現場氣氛的凝重，小林真穗起身說：「各位，早餐呢？」

就連這種時候，她也會注意客人的胃口。然而沒人回答，大家都對所發生的事感到悲痛。終於，直之開口說：「我不需要，待會兒可能會想喝東西，不過現在我什麼都吃不下。」

「我也不用。」蒼介說。其他人則是連應一聲都沒有。無可奈何的小林真穗只好挺了挺背脊，重新坐直。我冷眼旁觀眾人的樣子。

究竟是誰？

我一個個的分析著殺害由香的可能人選。一原紀代美是當事者的母親，應該可以剔除。深愛著由香的健彥好像也可以消掉，只是不知道男女之間發生了什麼事。蒼介和曜子呢？感情不怎麼好的親戚，甚至可以說關係冷淡，如果有某種動機，殺害由香也不是不可能，當然直之也一樣。加奈江呢？看起來天真單純的小姐，說不定城府很深。小林真穗呢？僅以血緣關係這點來說，她會嫉妒即將繼承龐大財產的由香嗎？但繼承遺產的又不是只有由香一個人。

重點是，由香偷了那份遺書，這件事與她被殺害應該有所關連。這次的兇案，一定不是單純的強盜殺人。

較有可能的是，殺害由香的兇手也想要偷那份遺書。因為看到由香先偷走了，才慌張地殺了她，搶走遺書。

按照我的推理，殺害由香的兇手，應該就是想把我和里中二郎燒死的人。這麼說來，我一定要比警方快一步找到那個人，以洩我心中之恨。

而那個人，一定就在這個家族裡。

15

古木律師他們接受訊問的時間，感覺特別漫長。矢崎警部究竟問了些什麼？又如何跟這整件事牽扯在一起？

鬱悶的空氣中，寂靜持續蔓延，氣氛緊繃得讓人連呼吸都小心翼翼起來。搜查員警偶爾忙進忙出，但他們也緊閉雙唇、不發一語。

我思考由香留下的「И」字。這是俄文，由香應該不懂才對。單純來看，難道會是「N」的誤寫嗎？如果是N，就是NAOYUKI——直之。不過，雖然是臨死之前，但把英文字母寫反似乎也不太合理。還有一件怪事，昨天晚上直之房間的門確實打開了，可是他卻隱瞞這件事，究竟是何居心？

我又想了一下關於「И」這個字，尋找其他的可能性。橫著看呢？如果是「Z」的話也是反的，所以也不會是「2」。

但若是「S」就有可能了。「S」的話就是SOSUKE——蒼介。

其他，還有希臘數字「Ⅵ」——代表6。但為何要用希臘數字呢？

正當我想著這些時，突然迴廊裡傳來野獸般怒吼的聲音。我朝聲音的來源望去，只見紀代美手舞足蹈地衝進大廳，眼睛四周的妝和淚水糊成一團，頭髮像颱風過境般雜亂。所有人這時都不知該說些什麼。在眾人的注目之下，紀代美跑向曜子。「還給我！」紀代美抽抽噎噎地說：「把由香還給我，我知道是妳殺了她。」

「妳說什麼？」曜子一臉驚訝地說：「我為什麼要殺由香？」

「別裝傻了，我早就知道了，妳不希望由香繼承遺產所以把她殺了，對吧？」

「拜託，紀代美！」曜子拉高嗓音，從椅子上跳了起來。

直之搶先一步擋住了曜子並對她說：「姊，妳冷靜點。」

「你讓開啦！被人這麼說，我冷靜得下來嗎？」

「由香死了，她一時精神錯亂，搞不清楚自己在做什麼啦！」

「我很清楚！」紀代美扯開喉嚨嘶啞地吼著，「是這個女人殺的！因為她需要錢。她和那家建設公司欠人錢，想多繼承點遺產，就把由香給……」

「妳給我住口！」儘管蒼介從後面壓制，紀代美還在奮力掙扎。

這時加奈江站起來，在間不容髮之際，「啪」地一聲打了紀代美一巴掌。

「妳幹什麼！」紀代美越來越激動。

這時候，矢崎警部和刑警屬下進來了。

「你們在做什麼？快住手！」警部怒斥道，吩咐刑警們將激動的紀代美帶往別的房間。她一離開，曜子多少恢復了些鎮定地坐在椅子上，但還是滿臉慍紅。

「究竟是怎麼回事？」矢崎警部問蒼介。蒼介稍作猶豫，心不甘、情不願地解釋了剛才發生的事。因為聽過古木律師對遺產繼承事項的說明，警部一點也不驚訝。

「原來如此。遺產越多，這種紛爭就越多啊！」

「也不是什麼紛爭啦……」蒼介欲言又止。

「才不是紛爭哩！根本就是她發瘋了。」大概尚未完全恢復平靜，曜子的聲音有點顫抖，「我怎麼會做那種事嘛！」

矢崎警部揮揮手，想緩和氣氛，接著說：「我們要麻煩各位一件事。從現在起，我們要個別問話。」

大家異口同聲地表示不滿，但警部好像沒聽到似地繼續說：「看情況，或許會問得很深人。為了查出真相，請各位多多配合。在調查結束以前，我想需要一段相當長的時間。各位，有人有急事需要立刻離開的嗎？」

看了看四周，沒人舉手。

「沒有嗎？好，那現在開始。偵訊結束後，請不要回自己的房間，留在大廳待命。如果一定要回房間的話，請知會我們當中的任何一位搜查員警。」

「等一下。請問這是什麼意思？」直之忍不住問：「有什麼要問的，不能直接在這裡問嗎？這樣也比較不會記錯，也能早點結束。」

「話是沒錯，只是有些話可能不方便當著大家的面說。」

「可是……」

「直之先生，」矢崎警部說：「有關辦案的過程，請務必遵照我們的指示，麻煩您了。」平穩的聲音，帶著不容分說的果決。直之似乎也懾於這種壓迫感，不再堅持。

警部決定做個別偵訊，一定是聽了古木律師的證詞，再加上剛才的騷動。他或許已經開始偷偷地描繪，一張與龐大遺產繼承有關的內部人員行兇圖。

「古木先生，警察問了你們什麼？」律師和助理回來了，等待偵訊的蒼介開口問。

「警方先間接地問了我昨晚到今天早上的行動，應該是要確定我有不在場證明吧！」

古木律師說話時的眼神不太對勁，他應該認為每個人都涉嫌重大。

「幸好我們有不在場證明，因為昨天我們在事務所工作到很晚。問其他同事也應該知道，我們兩個人半夜不可能跑到這家旅館來。」

也就是說，古木律師和驂澤弘美不可能是殺由香的兇手。

「還有呢？」蒼介催促著，一副不想聽他廢話的表情。

「主要是繼承問題。」老律師回答。「他們當然不知道遺囑裡的內容，只說依照常理來分的話，各自會繼承多少等等這類事情。」

「那您怎麼回答？」

「我向他們說明，單純按照法律來分的話，由香小姐和蒼介先生各得全部的三分之一，曜子小姐和直之先生各得全部的六分之一。」

「由香的爸爸、蒼介，和已故的高顯先生是同一父母所生，曜子和直之是高顯先生同父異母的弟妹，所以繼承份數減半。」驂澤弘美在一旁補充道。

但他們好像已經知道了，所以曜子和直之不動聲色，反而是加奈江質疑地說：「唉呀，由香也是繼承人啊？不是紀代美伯母呀？」

「因為由香的父親已經過世，所以由後代繼承，配偶不得繼承。」弘美滔滔不絕地回答。

「這麼說來，由香死了，伯母也不能繼承遺產了？」

「由法定繼承來看就是這樣。因此，蒼介得全部的二分之一，曜子和直之得全部的四分之一。」

「這樣啊！」加奈江的嘴巴張得好大，眼球咕嚕咕嚕地轉，彷彿在窺視其他人的表情。

「因為問了這些事，警部先生就會懷疑我們這些人嗎？」

曜子滿臉不悅地說：「他們一定會想，由香死了對誰最有利。想也知道，一定是我們這些親戚。」

「怎麼會？」直之說：「我才不會為了多繼承一點而殺人。這種事警察應該懂吧？」

「誰知道啊！分母的大小還是差很多吧？」

由香死後，法定繼承權從三分之一升格為二分之一的蒼介愁容滿面地說。鬱悶的空氣在大家四周蔓延開來。

不一會兒大家依序被點名，輪流進入作為臨時偵訊室的辦公室。第一個是蒼介，接著是曜子，目前紀代美似乎還無法接受偵訊。

如同警部先前的預告，偵訊花了很長一段時間，蒼介和曜子都被問了將近三十分鐘。

「下一個是你。」曜子回來後對直之說道。他用一副引頸企盼的表情站起來，從口袋裡拿出手帕。這時，一條黑色領帶掉了出來。

「你的東西掉了。」我撿起來。那條領帶上別了一個珍珠領帶夾，那應該是新的，白金的座台上沒有一點刮痕。

「哎呀！你不是很討厭別領帶夾嗎？」眼尖的曜子問。

直之把領帶塞回口袋裡說：「人家送的。」說完便走出了大廳。
「媽媽，他們問妳什麼？」加奈江擔心地問曜子。
「沒什麼特別的啦！同樣的事一直問，煩死了。」曜子回到座位後一副不耐煩的表情繼續說：「問由香有沒有異狀啦！昨晚跟她聊了些什麼……這類的問題。哦，對了，還問到本間夫人手上的遺書。」
她看著我說話，讓我嚇了一跳。
「連那件事情警部都知道了嗎？」
「是啊！好像是我哥說的。他連我的推理都說了，害警察一直用奇怪的眼光看我。」
我有些不悅地看著蒼介。他大概是被套出來的吧？
看看旁邊，古木律師那一張衰老的臉正抽著菸，他大概做夢也沒想到會發生這種事吧？鰺澤弘美也鐵青著一張臉坐在旁邊。
古木律師察覺到我的視線，邊在菸灰缸裡熄滅菸蒂、邊搖頭說：「真傷腦筋，偏偏在一原先生七七四十九天的時候發生這種事。」
「您把遺囑帶來了嗎？」
「當然。」古木律師拍了拍放在膝上的黑皮包。
「幸好沒被沒收呢！」我說完後他默默地笑了笑。
「他們想要看遺囑內容，但我拒絕了，畢竟不能違反高顯先生的遺願。但若事情繼續拖下去，那個警部會說話的，最後他可能會強制命令打開遺囑。」語畢，老律師咳了一聲，清了清喉嚨。

「剛才聽加奈江小姐說了，真想不到，原來桐生小姐有份遺書。這是我第一次聽到。」

「我好像帶了個麻煩的東西來呢！」

「不、不，請別介意。話說回來……」

古木頻頻看我，我心中立刻竄起一股不祥的預感，微微低下了頭。果然，他說：「本間夫人，我們是第一次見面嗎？不知道為什麼，總覺得好像不是第一次。不好意思，我們在哪見過嗎？」

「我參加了一原先生的告別式。」

「是嗎？那應該就是當時見過面了。」古木朦朧的雙眼看著我苦笑道：「抱歉，我記性太差了。年紀大了真不管用。」

「彼此、彼此。」我趕緊緩頰，同時與對面的黔澤弘美四目相望，但這時我又嚇了一跳。他表現出若無其事的樣子，卻在冷眼旁觀我的言行舉止，而另一邊的古木律師又提起我最討厭的話題。除非必要，最好還是別接近這兩位。

個別偵訊一個接著一個的進行。直之完後是健彥，之後是加奈江。最後加奈江一臉不高興地回來後，看著我說道：「下一個是伯母。」

16

走進辦公室，矢崎警部閉著眼、兩手交叉在胸前。旁邊有位年輕刑警負責記錄，並示意我坐下。

警部張開眼說：「真不好意思，有勞您了。」他先道歉。「我們盡快結束。請讓我冒昧先簡單問幾個問題。」

大概和長輩說話他都是這種態度吧！用字遣辭很多禮，感覺不錯。

我先說自己的姓名、地址，接著說明這次來旅館的原因，也就順勢提到了一原高顯與本間重太郎之間的關係。警部應該已經知道高顯先生遺囑的事，對這方面他倒沒問什麼。

「您和一原由香小姐，是第一次見面嗎？」

「是的，昨天介紹認識的。」

「不過，您參加了高顯先生的告別式？」

「是的，可是那時候人多，不可能和所有親戚打招呼。」

「了解。」警部點點頭。

儘管如此，我仍無法從他的眼神判斷出他是否把我這個老太婆排除在嫌犯之外。他似乎還在懷疑我，也就是本間菊代是否真的是第一次見到由香。

接著警部問我昨晚每個人的狀況，尤其對由香有沒有特別的感覺。

「我們想聽您的真心話，」他緩緩地說：「因為您與一原家族沒有直接關係，您的意見應該比較客觀。」

我駝著背，歪著頭說：「嗯，怎麼說呢？沒什麼特別奇怪的地方。」

「小事也可以。麻煩再想想看，有沒有呢？」

矢崎警部用尖銳的眼神盯著我，好像要是有一點不自然的反應，就會立刻被他抓住把柄。

我微笑著搖搖頭說：「您這麼說，我一時也想不出來啊……」

「是嗎？那麼您要是想到什麼，隨時都可以告訴我們。對了，那您和由香說過話嗎？」

「聊過一下子。」

「說了些什麼呢？」

「大都是閒聊，不太記得了。」

我偷瞄了警部一眼。我知道他期待怎樣的答案。

不能說太多，但過於隱瞞也會招來疑慮，於是我決定說出之前和由香談殉情案的事。

「就是那次的火災嘛！我也知道那件事。那，為什麼會談到？」矢崎警部佯裝無知地問，我只好說出遺書的事。他事前已經知道了，聽到我的證詞時也不驚訝，不過我還是當作他不知道一樣地敘述我和由香談話的過程。

「所以，談到那份遺書時有提到殉情事件可能是遭人陷害的？」

「是的，可是我沒想到會發展成這樣。」

「我想也是。那麼，您現在有那份遺書嗎？」

「在房間裡，我去拿來。」

「好的，麻煩您了。高野……」警部叫了旁邊的年輕刑警。「跟本間夫人一起去，把那封信拿來。」

名叫高野的刑警輕快地應答後便站起身來。

我們通過長長的迴廊，朝「居之壹」走去。矢崎叫高野陪我一起，大概是怕我把遺書藏起來吧！看來警部應該相當重視這次兇案和我手上遺書的關連性。

到了房門口，高野刑警伸出右手，示意我給他鑰匙。我默默地把鑰匙遞給他，他有點緊張地將鑰匙插進去。

我走進房間，他馬上跟了進來。這樣最好，如此他才能證明我沒時間動手腳。

「那封信在哪裡？」他站在入口處問。

「我應該放在這裡才對。」我先看了看桌上，確定沒有後，坐下來假裝歪著頭想。

「怎麼了？」高野刑警焦急地問。他此刻一定心想，碰到老年人真麻煩。

我故意用慢動作翻著皮包。「真是怪了。」

「沒有嗎？」高野瞄著我的皮包，我覺得他看到攝錄機了，但似乎沒特別注意，大概是因為最近帶著攝錄機旅行的人越來越多了吧？就算看到底片也沒關係，因為昨天回房之後，我全部洗掉了。

「這裡也沒有……咦？放到哪裡去了？」

我再坐下，假裝思考。高野一下看看洗臉台、一下翻翻垃圾筒。

「啊，」我抓緊時機發言，「昨晚睡前，我放在枕頭旁邊。」

「枕頭邊嗎？」說完高野打開放棉被的壁櫥。

我搖搖頭說：「沒有。有的話，我摺棉被的時候應該會看見。」

「好，稍等一下。」高野抓起話筒，按下0，另一頭接電話的應該是矢崎。高野傳達了這裡的狀況，他應該神經很緊繃，聲音聽起來微微亢奮。

掛上電話，高野看著我說：「警部馬上過來，請等一下。」

「是，好的……只是那個信封，究竟跑到哪兒去了呢？」

高野別過臉，一副事不關己的樣子。如果警察都是這種人，事情就好辦了。

不久，外頭傳來急促的腳步聲，但還沒聽見敲門聲，門就開了。矢崎雙手戴著手套問高野說：「沒亂動東西吧？」

「幾乎沒動，除了本間夫人看了一下自己的皮包。」

「很好。」

矢崎看了看房間，站在我跟前說：「聽說遺書不見了？」

「對不起。」我道歉。

警部揮揮手：「不是您的責任。不過，可否請您再看看皮包，會不會是看錯了？」

「哦，好的。」

我準備再查看一次皮包，警部才放心。

「沒有嗎？」

「是，確實沒有……」

我開始擔心會不會要搜身；要是讓女警檢查我的內衣的話，我的身分一定會穿幫的。

還好，矢崎警部此時並未採取強硬手段。

「昨晚就寢之前，真的在枕頭邊嗎？」

「對，」我回答，「我怕今天忘記，所以故意放在枕頭邊。」

「可是現在卻不見了。」他摸著滿嘴鬍髭的下巴說：「請問您昨晚幾點睡的？」

「應該是剛過十一點。」

「半夜醒來過嗎？」

「沒有。」

「那早上幾點起床呢？」

連珠炮似的發問，可能是他一貫的行事作風。我吸了口氣說：「六點左右。」其實我一夜沒睡。

「那麼，您今天早上起床時，覺得房間裡有什麼不一樣嗎？譬如說東西的位置不對等等？」

「不清楚耶！我沒注意。」我搖頭。

「你剛才進來時，房間是鎖上的嗎？」

這應該是在問高野，年輕刑警給了一個肯定的答案。

矢崎再轉向我問道：「那請問昨晚呢？您把門上鎖了嗎？」

「嗯，好像鎖了……但也有可能忘了鎖呀！」

「今天早上呢？房門是鎖住的嗎？」

我佯裝絞盡腦汁的樣子，最後說著：「對不起，記不得了。」還裝出一副很遺憾似的表情。矢崎無奈地點頭，與另一位刑警不知在耳語什麼，但我聽見他們說到萬用鑰匙。刑警簡短應答後，又走出了房間。

「本間夫人，」矢崎再度放低姿態對我說：「我們必須搜查這個房間，方便嗎？」

「好的。請問，我應該待在哪裡比較好呢？」

「請先在大廳等，我想稍後還會有兩、三個問題請教您。高野，帶本間夫人去大廳。」

年輕刑警帶我回到大廳，所有的人都和剛才一樣坐在自己的座位上，只有紀代美不在。

「發生什麼事了嗎？」我一坐下，直之隨即開口問道，高野則若無其事地走向迴廊。警方並沒要我保密，而且我想大家總會知道的，於是便告訴他們遺書不見了。這時候，不單是直之，所有的人都朝向我這邊看。

「我看大概是被偷了吧！」曜子說。

「不曉得。有可能吧！現在刑警正在搜我的房間。」

「到底是誰，又為什麼要偷啊？」蒼介自言自語。

「難道殺由香的強盜也進了本間夫人的房間嗎？」加奈江一臉驚恐。

「不會吧！強盜偷遺書幹嘛？」健彥的語氣聽起來有些瞧不起加奈江的意見，加奈江又是一臉不悅。

「那你敢說這和由香的死無關嗎？哪會有那麼巧的事？我覺得一定有關係啦！」

沒人答腔。當然，如果那人的目的是遺書，那一定就是內部的人。

話題已經接不下去了，眾人又陷入一片沉默，誰都不敢隨便出聲。

「反正，」蒼介開口了，「至少警方認為有關。昨晚曜子半開玩笑的那個想法，警方可能已開始認真考慮。他們應該正朝著殉情案遭人設局的方向進行調查。」

「你是在怪我嗎？」曜子說話的同時，眼神突然變得兇狠起來。

「我沒這個意思。既然桐生小姐的遺書被偷了，警方遲早會這麼想。」

「所以你是說殺害桐生小姐，將它偽裝成殉情案的兇手，這次也把由香給殺了？」

直之似乎不同意，搖搖頭說：「除了事情都發生在這家旅館之外，兩者之間根本沒有任何的共通點呀！」

「不對，動機是一樣的。」曜子大膽假設。

「動機？是嗎？」

「是呀！目標就是遺產呀！剛才古木先生也說過，由香死了，其他人的繼承份數就會增加。桐生小姐方面，你不是也說過嗎？大哥曾經考慮要跟她結婚，如果婚事成了，大部分的財產就歸她所有。我想兇手可能擔心那件事會成真，才會故意設計殉情案，殺害桐生小姐。」

與其說是警方的想法，不如說這只是曜子一時逞口舌之快，逕自陳述自己的推理。

「如果動機是遺產的話，兇手就是我們內部的人囉？」

蒼介表情有些難看，隨後問眾人說：「有人向警察說大哥考慮要和桐生小姐結婚的事嗎？」

加奈江低調地微微舉起手。「我說了。是不是不太好啊？」

「不，無所謂啦！」直之一臉失落。「反正早晚會知道的。」

「警方怎麼想我不知道，但那應該就是殺人動機吧？」

蒼介顯得有些無奈。「先不談由香的部分。假如大哥跟桐生小姐求婚，她也不一定會接受呀！畢竟她有男朋友了。」

「哎呀，不過那是殉情案以後，大家才知道的，不是嗎？所以兇手當時應該不知道才對。再進一步想的話……」曜子突然壓低嗓音，「那個叫里中的男人，真的是桐生小姐的男友嗎？如果是單純自殺也很奇怪，搞不好是兇手隨便從哪裡弄來的人，設計了這一切。再想遠一點，那個男的被殺也是有理由的。」

她最後的一句話，讓我大吃一驚。

「妳也跳得太快了吧？如果真是那樣，桐生小姐應該會說呀！當時就會說她根本不認識那個男的啦！」直之用強勢的語氣反駁。

「所以她可能在遺書裡才會提到。令人不解的是那個叫里中的男人，那麼年輕，光看相片就覺得是個美男子。相較之下，這麼說有點失禮，但桐生小姐根本就沒什麼女人味，年齡又大男方那麼多，說兩個人是戀愛中的情侶，我覺得根本不可能。」

曜子那張伶牙俐齒的嘴，在我眼裡儼然是兩片不停蠕動的紅色生物。比起被男人批評，同為女人的她卻如此貶抑我的外貌姿色，令我感覺更不舒服。

直之嘆了口氣，說：「所以，姊，妳認為兇手是我們內部的人？」

「不是啦！我只是客觀地推理罷了。」

「妳想太多了。現在找出殺由香的兇手才重要，我相信是小偷幹的，跟遺書的消失無關。」

「我也不想懷疑自己人呀！」

在這不愉快的氣氛下，大家都噤口不語，我這個外人也不方便插嘴。

「看來，我真的帶了個沒用的東西來了呀！」我有所顧忌地開口說：「昨晚要是乾脆一點打開來看，就不會發生這種事了……」

「不，本間夫人您不用在意。」直之慌張地說：「您做的事是理所當然的。」

「這……可是……」我看了看在場所有人，但每個人都低著頭逃避我的視線。對他們而言，我這局外人，現在又更加疏遠了。

每個人都沉陷在各自的思緒當中，我則反芻著剛才曜子說過的話。自殺案若是遭人設局陷害，兇手要殺的就不只有我一人，應該也想殺里中二郎。

沒錯！兇手的目的並非只殺我，還想除掉里中二郎。為什麼呢？假如我做了高顯先生的妻子，只不過繼承了四分之三的遺產，但若二郎活著，所有財產將歸他所有。

里中二郎——他是一原高顯先生真正的兒子。

17

高顯先生第一次提到遺囑，是在他住院之後兩個月。他把我叫到醫院，交代了我一項意料之外的任務。

他要我幫忙尋找他的小孩。

我一時無法理解他的意思，還以為他在開玩笑。

「抱歉，我不是在開玩笑，我是認真的。」說完後，高顯先生還有點難為情地咬著下唇。他很少露出這樣的表情，這反而讓我感到困惑。

「請問，是過世夫人的……」

我還沒說完，高顯先生便開始搖頭說：「當然不是和她生的，那已經是二十幾年前的事了。當時我太太還在，我跟外面的女人發生了一段很深的關係，當時那個女人好像替我生了個孩子。」

根據高顯先生的說詞，對方叫作克子，是某劇團的舞台劇演員。當時他很喜歡看舞台劇，常接觸那個劇團，兩人進而認識。

兩人關係中斷是因為克子後來準備結婚。向她求婚的，是當時小有名氣的樂團團員，靠巡迴各地演奏維生。當時的她其實相當猶豫，那男人在演藝圈裡沒有走紅的希望，但繼續和高顯先生維持這種關係，也不見得是好事。她最後還是跟那男人走。高顯先生最後一次與她見面時，以餞行為由拿出一筆錢，可是她並未接受。

「她說我們不是那種金錢關係，不應該有分手費。她還說，何況提分手的是她，要拿出分手費的人也應該是她才對。說來慚愧，當時我在不得已之下，只好把錢收了回來。那個女人，就是在這方面有潔癖。」回想著那時的情景，高顯先生有些靦腆地瞇著眼說道。

此後，他沒再見過克子，最後連她先生樂團的名字，也逐漸消聲匿跡。

過了二十年，高顯先生收到一封信，寄信人是個不知名的人物。讀了裡面的信後他大吃一驚，信裡除了說明克子已經病死之外，還提及她的遺物當中，有一封「致一原高顯先生」的信，希望他本人來領取。

這時我應該已經當他的秘書了，但完全不知道這封信，也不知道他是哪一天獨自悄悄地出門的。

昔日耀眼的舞台劇演員，在附有廚房的一間簡陋小套房裡，孤獨地撒手人寰。寄件人是公寓的女管理員，是克子生前較親密的友人。她低調地把遺體火葬後，整理遺物時發現了這封信。信封上寫著地址，本來她可以直接寄出，但信封很厚，裡面可能有些重要東西，所以她還是先寫信通知。當然，女管理員看到一原這種奇怪的姓氏，並不知道他就是當時某一流企業的創辦人。

高顯回到家後打開信封，裡面有二十幾張信紙，密密麻麻地寫著自從與高顯先生分開後，克子過著怎樣的生活。信裡的內容讓高顯先生相當震驚，尤其讓他感到痛苦的是提到小孩的事。

和樂手結婚之後，她馬上就懷孕了。這時她毫不懷疑，認為這就是自己先生的小孩。但從手札內容看來，這股自信其實毫無依據，自己懷的可能是高顯先生的孩子，她只是單純地將這分疑慮埋進心底深處。

幾個月後，快臨盆時卻發生了意想不到的事——她的丈夫和別的女人跑了。克子那時才得知，先生的樂團因為虧損而解散。他拿走了所有值錢的東西，把簽好字的離婚協議書丟在信箱裡。

大概是因為受到太大的刺激，她比預產期早了二十天生產，生下了一個男孩。雖然周圍的人都祝賀她，她的心情卻抑鬱哀戚。她不敢告訴別人先生已經離家出走了，只說丈夫不玩樂團，出外賺錢去了。

不久，她和孩子一起出院，卻感覺未來毫無希望。就算想上當鋪，也沒有值得典當的東西。不得已，她只好到酒家上班。

大約過了半年，她認識了店裡一位經營印刷工廠的客人。儘管男人知道克子離過婚，他還是向她求婚。她也希望有個人能依靠，便一口答應下來。只不過，對方不知道她有小孩，她也怕對方因此取消婚約，才刻意隱瞞。

煩惱再三的結果，克子決定放棄孩子。比起母子兩人相依為命、走投無路，不如讓他在一家正規的孤兒院裡長大，也許對孩子來說還比較好——她隨便替自己找了個藉口，內心雖然掙扎，但還是自以為是地說服了自己。當時的她早已身心俱疲了。

搭了一小時的電車，克子來到當地一家很有名的孤兒院——就是現在所謂的育幼院。克子坐第一班電車前往，把嬰兒放在門口。寶寶睡得很香，她輕聲地說了聲「原諒媽媽」，幫寶寶戴上她親手編織的白色毛線帽，便匆匆離開了現場。原本想躲起來看看孩子是否安全地被人撿去，她卻沒停下腳步，因為她怕停下來後就再也不忍離去。

「看來，」高顯先生說：「克子好像從沒想到要來找我幫忙，她大概一直相信那孩子是那個樂手的吧！有的女人很厲害，遇到這種事一定會跑來要男方負責，不過克子就不會耍這種心機。」

但我認為不僅是那樣。與高顯先生往來的那段時間，是克子一生當中最輝煌的時期，雖不出名，卻擁有舞台劇演員特有的耀眼光芒。她想要維持在高顯先生心目中的形象，因此無論如何都不願以落魄姿態在他面前現身。

根據手札內容，克子以後再也沒見過小孩。她曾經去孤兒院偷看，但也只是去確定孩子是否安然無恙、被人撿去收養罷了。

之後的二十年，她並未詳加記載，看來她應該和經營印刷工廠的男人離了婚，過著孤苦無依的生活。

在一連串的苦日子中，她碰巧遇見二十年前的那個樂手，他當時是長途貨車的司機。克子情緒激動地罵了他一頓，對方也不甘示弱地說：「妳懷了別人的孩子，還敢在我面前耀武揚威？」她不承認，男人繼續說，其實他當時也不知道，後來去醫院才知道自己不能生育，所以那個男孩根本不會是他的兒子。

克子一時不敢相信，但男人好像並未撒謊。而事實也證明了這個說法，那個男人當時有太太，但卻沒有小孩。

這時候，她才知道孩子的父親是誰。

想起那個被拋棄的小孩，克子後悔不已。早知道當時就去找高顯，至少能讓小孩過幸福的生活。

她在手札裡寫下懊悔之情，從字裡行間看得出來，她確實打算將這些手札寄給高顯。這封手札記載了一切。但說是手札，倒不如說這是封長信，她為自己拋棄了兩人之間的小孩而向他道歉。

「然而克子最後並未寄出這封長信，或許她認為事到如今已無法挽回，也可能怕會給我添麻煩吧！」高顯先生一臉苦澀地說。

「或者，」我說：「她希望自己死前，都一直保有這個秘密。」

高顯似乎並未想到這種說法，他愣了一下後點點頭說：「或許吧！她就是這種人。」

「可憐的女人。」

「嗯。」

「所以，」我正眼望著高顯先生說：「你才要我去找這個孩子吧？」

「沒錯。坦白說，我有好幾次想要找他。光想到這個世界上有個繼承自己血脈的人，我的心情就激動得久久無法平靜，我多麼想盡各種辦法讓他過得更好，但我最後還是忍了下來。不管怎麼說，這都是我自己單方面一廂情願的想法。我想與孩子見面、向他道歉，但不可否認的，我一方面也只是自私地想得到身為人父的喜悅。如果要真心懺悔，就應該放棄這種為人之父的幸福感。」

這就是高顯先生貫有的嚴峻。

「也可以不說明關係，暗地裡幫助他呀！」

「如此他還是會把我當長輩看待，這跟享受父子之情沒有什麼不同。這種作法也是投機取巧，到時候我還是會想讓他認祖歸宗的。」

「那找到他以後，您打算怎麼做呢？」我問。

高顯先生爽快地回答說：「不怎麼做。」

「咦？」

「對，什麼都不做。我只會在遺囑裡，承認他是我兒子，至於我那些還算令人稱羨的財產，就交給法律處理。」

意思是說，法律上只要承認彼此的親子關係，在遺產繼承上就能視同一般情況處理。因此，沒有其他妻兒的高顯先生，他的遺產將全數歸那個孩子所有。

「這麼說……那個人要知道自己父親的名字，還要很長一段時間。」

大概是聽膩了我的客套話，高顯先生搖搖手說：「我知道自己大限不遠了，才跟妳說這些。每次談到我的死期，妳都這樣避重就輕，根本談不了正經事。」

快別這麼說啊！這句話到了嘴邊，又被我吞了回去。他說得沒錯，他最不喜歡那些表面的東西，感覺只是在浪費他的時間而已。

「不過有個問題。現在，那個孩子應該也成年了吧？」

「應該快二十三歲了。我知道妳要說什麼，要承認已成年的孩子，須經由他本人同意。」

「是啊！」

「這一點我也會註明在遺囑裡。唉，他也許不會承認我這個父親。」

「哦，應該不至於不承認吧……」

他察覺到我的欲言又止。「無所謂，一般來說為了財產也會承認吧？但是，假使他不承認我也沒辦法，我也沒權利埋怨。反正，到時我已不在人世了。」

他的自嘲之中帶點悲涼，然後很認真地望著我說：「妳願意幫忙嗎？」

「我試試看，應該不太容易。」

「交給妳了。我好像說過很多次，但我的時間真的不多了。」

「我會努力找的。不過有一件事要拜託您。」

「什麼事？」

「請您一定要讓這段時間拉長，越長越好。」

高顯先生反覆地眨了眨眼說：「我盡量。」

唯一的線索是孤兒院。克子的手札上沒寫正式的名稱，但可以找到她當時住的地方。根據手札內容，那是一間坐電車大約一個小時就可到達的孤兒院。

坐電車要一個小時，距離不算短。我挑選出幾個可能的孤兒院，先去電詢問。從前把嬰兒丟在孤兒院門前的案例好像不少，我問出了幾個與克子手札內容相符的案例，接著再根據詳細的判斷消去幾個，很快地，就找出最有可能的四個人。

很幸運地，我很順利就找到了他們現在各自的居所。我先寫信給這四個人，內容大概提及我受人之託尋找二十幾年前的棄嬰，調查發現可能是他們，希望能安排見面。

之後，我主動聯絡其中兩個查到電話號碼的人，並安排面談。我與他們見面時完全沒提到一原高顯先生的姓名，因為我怕有不肖分子會以財產為目的，堅稱自己是他的兒子。對方要是編造謊言，詳加調查也查得出來，只是我們現在沒空浪費時間。

最初的兩位，他們的身上不但沒有東西證明自己是克子的小孩，反而有很多否定的材料。

雖然他們都有高度的意願想了解自己的身世，不過這時候就只能靠我客觀地判斷了。

剩下來的兩位，因為不知道電話號碼，所以我打算直接見面。我心裡祈禱著，希望他們其中一個就是一原高顯先生的小孩，因為如果兩個都不是，我的調查就等於走到死胡同。

然而，我卻收到其中一位的來信。我有種不祥的預感，把信打開一看，果真是讓我失望的內容。信裡寫著他已知道自己的父親是誰，因此沒必要見面。

剩下那一位，就是里中二郎。

當我懷抱最後一絲希望，準備和他取得聯絡時，就接到對方的來電。我又有不祥的預感，但這次的不準。原來他懷疑我的信是惡作劇，所以打電話來問問看。我才發現，原來也有人會這麼想。

就這樣，我與他見了面。他的長相端正、五官細緻，感覺頗有氣質。乍看之下，他給人感覺出身高貴，似乎與貧窮、辛苦絕緣。然而，他的眼光偶爾又透著憤世嫉俗的味道。

我看到他的第一眼，就有種危險的預感。我感到自己內心的震動非同小可。

——莫非，我愛上了這個年輕人？

18

中午時分，我們終於可以離開大廳。警方說除了我和由香的房間，館內任何地方我們都可以自由行動，但若要離開這棟建築，一定要先知會附近的員警。

雖然如此，其實也沒什麼地方好去，所以大夥兒還是留在大廳。大家似乎都很在意警方的一舉一動，看著他們忙碌地轉來轉去，所有人都更加不安。

我聞到一股香味，抬起頭，看見小林真穗正端著咖啡進來。這個女人無論何時都不會忘記她身為女主人的義務。我們道了謝，紛紛伸手拿咖啡，旁邊還附有蛋糕和小餅乾。大夥應該都沒什麼食慾，但這種小點心倒不會吃不下，因此加奈江他們都津津有味地吃了起來。

「先不談桐生小姐遺書失蹤的事，但如果是外面入侵的小偷殺了由香，為什麼又要選那個房間呢？」咖啡杯端在嘴邊，蒼介嘀咕著。

「只是碰巧吧！」直之回答。「從外面入侵，一定想先找玻璃窗戶沒上鎖的房間，才會選由香的房間下手。」

「居然不鎖窗戶？由香姊怎麼搞的嘛！」或許想到表姊的死又悲從中來，加奈江手裡拿著蛋糕，眼眶噙著淚水。

「可是，」曜子歪著頭說：「如果是真的，那兇手為什麼要殺她呢？她又沒被強暴，只是偷東西，不需要殺人呀！」

「也許她醒了過來，歹徒怕嘈雜聲惹來麻煩，才會一刀殺了她。一定是這樣，那傢伙一定是瘋了。」健彥不知何時拿了白蘭地過來，一邊倒一邊說。

「喂！大白天的不要給我喝酒！」蒼介大聲喝斥，但健彥仍默不作聲地一口喝下白蘭地。

「有什麼關係嘛！我也想喝一杯了。真穗小姐，請給我杯子。」

曜子說完，加奈江接著說：「我也要。」

一旁的蒼介滿臉怒容。

曜子在真穗拿來的杯子裡倒進白蘭地，入口之前歪著頭說：「只因為由香醒來就殺了她，我實在不明白。」

「為什麼？」健彥問。

「如果是那樣，我們當時應該會聽到喊叫的聲音呀！就算沒時間喊，也會留下一點抵抗打鬥的痕跡吧？可是警方都沒提這種事。」

「出其不意的話，就無法抵抗了，」說話的是直之，「尤其兇手是男人的話。」

「而且，她的頸子有被勒的痕跡。」蒼介想起警方的敘述。「頸子被勒住後斷氣，再一刀刺死。」

「可是警部說由香是斷氣之後，才被人勒住脖子的。」曜子說。

曜子的話讓蒼介一時之間啞口無言，清了清喉嚨繼續說：「那一定是變態傢伙幹的，普通搶匪不會幹這種事吧？」

說兇手心理變態，是很好的假設，至少說明整起事件有詭異之處。其中有幾個人頗表贊同地點了點頭。

「對了，媽媽，我想先去整理行李準備回家。」加奈江打破沉默。「不知道要待到什麼時候才能走，所以我想先準備好隨時能離開。一直坐在這裡心情都悶了起來。」

「也對，我們走吧！」曜子同意，把尚未喝光的白蘭地杯子放在桌上，母女倆手牽手就離開了大廳。

其他人也準備要起身，但又停了下來，看看周遭的人。他們的臉上透露著不安，擔心自己不在時不知道會被說得多難聽。最後，大部分的人還是選擇離開，只剩下健彥一人。

我也離開了大廳。刑警應該還在我房裡調查，我想若無其事地去打聽一下鑑定結果。

我一邊看著中庭、一邊走出迴廊。迴廊上有幾位搜查員警忙進忙出，其中一個員警蹲在水池邊。那是昨晚我跳過的地方，我停下了腳步。

他在幹嘛？發現什麼了嗎？我踮起腳尖看。

「怎麼了？」突然有人從背後叫我，我嚇了一跳回頭。古木律師和黲澤弘美就在後面。

「啊！是律師啊！沒什麼，我只是好奇他們在做什麼。」

「這個嘛！兇手要是從外面入侵的話，一定會通過庭院的。他們大概在找兇手留下的東西或是痕跡吧？哎呀，那位刑警在搜索的地方還真特別，水池邊會有什麼東西嗎？」

看來古木律師和我有相同的疑慮。

「我去問問看。」說完，黲澤弘美隨即進入旁邊的空房，打開裡面的玻璃窗，跳進庭院。員警立刻制止了他，但他還是毫無顧忌地上前搭話。

「他好活潑啊！真是初生之犢不畏虎。」我望著弘美的背影說。

「那孩子是高顯先生託我照顧的。」古木律師一雙小眼瞇得更細了。

「哦，是嗎？」我有點吃驚，這是我第一次聽到。

「現在回想起來，那是高顯先生臨終前對我最後的託付。聽說弘美是他朋友的小孩，不過他很認真，倒茶、打雜這種最近女孩子不愛做的事他都做，還很熱心學習呢！」

「加奈江說他長得很俊美呢！」

聽我這麼一說，古木律師微笑地點頭：「俊美啊！真像加奈江會說的話。不過確實沒錯，他們年齡差不多大，也難免會對彼此有興趣，需要多多留心。不過他原本就是個好孩子，應該沒問題的。」

誇讚之詞剛說完，當事人弘美回來了。

「他們說發現了腳印。」

「腳印？兇手的嗎？」

「這個嘛！他們說還不確定。」弘美歪著頭說：「刑警說，平常這個地方不應該有腳印的。」

「說得也是。」古木律師把視線移往外頭。庭院的步道上鋪滿了石子，只有種樹的地方才有泥土。如果只是單純的散步，並不會留下腳印。我感到腋下不斷地在冒汗。搜查員警還坐在水池旁邊，也許他們正在考慮利用石膏，把腳印的模型給拓下來。

「昨天早上，這裡下過雨吧？」黟澤弘美突然說。

「嗯，是啊！」

「這麼說來，那個腳印是昨天到今天早上這段時間留下來的。要是更早之前的話，應該會被雨水沖掉。」

「哦，沒錯。」古木律師頗表贊同。

我看著黟澤弘美那張端正的臉，感到陣陣地胃痛。

「光看留下腳印的地方，如果那真的是兇手的腳印，表示兇手是外面的人。」

「這很難說。裡面的人也可以穿過中庭啊！」撥了一下頭髮，弘美斷然地說。

「話是沒錯，可是腳印的位置為什麼在那裡？感覺好像要跳進水池一樣。」

「說不定是要跳過去喔！你們看，那裡最窄，要跳過去也不是不可能。」

黟澤弘美竟然說出令我大吃一驚的話。

這時，小林真穗從對面的迴廊小跑步跑了過來。「有一通律師事務所來的電話，對方說助理聽也可以。」

「好，我去。」弘美跟著真穗走向迴廊。

看著他們的背影，我鬆了口氣。

「您這麼忙還捲進這起兇案，真是辛苦了。」

「還好，沒什麼要緊事，這次一原會長的繼承問題才是最重要的工作。」

「因為金額很大吧？」

「是的，」老律師點點頭，「再加上沒有妻小，繼承問題就更麻煩了。」

「小孩」這句話在我心裡震出一聲迴響。我突然想起了里中二郎。

「一原先生真的沒有小孩嗎？譬如說和元配以外的女人？」

說完，我馬上後悔話太多了，這個問題實在太沒頭沒腦了。果然，古木律師狐疑地皺皺眉，然後開口笑說：「您怎麼突然說出這句話？難道您曾聽到什麼嗎？」

「沒有、沒有，」我趕忙揮手，「只是一般人不是常會這樣想嗎？我想律師最了解一原先生，所以才會……對不起說了這麼無聊的話，請別見怪。」

古木律師微微地苦笑說：「一原會長的事，最清楚的是桐生枝梨子小姐啊！您聽她說過什麼嗎？」

「倒是沒有。」

「這樣啊！」

看他三緘其口的樣子，我有點焦急。他到底在想什麼？我——桐生枝梨子尋找高顯小孩的事，這個律師應該是知道的。他在想這件事嗎？

此時，駿澤弘美回來叫古木的名字，要他接聽電話，因此古木向我點了頭後便離開了。我目送他離去，看著他的背影，我的胃又開始陣陣絞痛起來。

望著庭院，我腦海裡浮現另外一件事。我替高顯先生找兒子的事，一定有人知道，所以，那個人希望我和他一起死掉。

回憶又在我腦海裡風起雲湧，我想起那值得紀念的日子。兇手如果有什麼陰謀，一定是那天以後的事，我初次遇見他的那一天……

19

「首先，我希望能由我開幾個條件。」在咖啡廳裡碰面時，二郎一臉嚴肅地說。

「什麼條件呢？」為了消除對方的緊張，我故意用平易近人的語氣問。

「我想請妳告訴我關於妳的委託人，也就是可能是我父親的那個人，他到底是誰？為什麼現在才想要找當年丟棄的小孩？」

這個問題，我面談過的另外兩個年輕人也問過。會有這個疑問是理所當然的，可惜現階段我不能回答。

「對不起，這件事要等到確定你真的是他的兒子之後才能透露。要是弄錯的話，往後也不會有麻煩。」

「可是光是談我的事情，這樣很不公平。」

「會嗎？」

「會呀！那個人一定知道我的名字吧？」

「這你不必擔心，我只向他報告最後結果，調查當中並不需要報告。也就是說，如果你不是他的小孩，他永遠都不會知道你的事。」

「可是妳知道呀！」

「這沒辦法，總要有人在中間傳話嘛！」

二郎輕輕咬著下唇，若有所思，他的眼神則是充滿了警戒。要是他不這樣，也許就無法一個人生存下來。

「如果妳一個人無法做結論呢？就得和委託人商量了，不是嗎？」

「當然，但到時候也不需要說出里中二郎的名字，連你的地址和聯絡電話也不需要。只要提出你被丟棄時身上帶的東西來判斷，若證明你的確是他的兒子之後，再安排時間會面。你們彼此的姓名，那個時候再說就可以了，這樣公平吧？」

「前提是妳不能騙我。」

「我沒必要撒謊，你也只能相信我。」

他依然用尖銳的眼神看著我，最後勉強點頭。「沒辦法，就相信妳吧！不過，要是我很有可能是他兒子，那也不一定要見面吧？到時候要不要見面由我來決定，可以嗎？」

「可以。」

就這樣，我才開始了與他之間的面談。

根據二郎所述，他是在二十四年前的十月二十五日被丟棄的。當時大人沒留下任何一封信，也沒有任何東西提到他的名字。

「這個名字是孤兒院取的，反正取都取了倒是無所謂，只是本來希望有個更好聽的名字。」

他似乎並不怎麼喜歡里中二郎這個名字。

「你被丟棄時身上穿的衣服，現在還留著嗎？」

「留著呀！畢竟是唯一的線索嘛！不過，我並不想跟父母見面。」

「那是什麼東西呢？」

「一條毛毯，淡黃色裹在身上的小毛毯。然後是嬰兒服、襪子、懷爐……」

「懷爐？」

「不是用過即丟的那種，是燃燒煤油取暖的東西。」

「我知道，是把煤油放在金屬容器裡燃燒的那種吧？好懷念啊！」母親畢竟是母親，十月下旬天氣已經冷了，把孩子丟在外面，還是擔心孩子會感冒吧？

「然後是日本手染的尿布幾片，和毛線帽，大概就這些。」

「毛線帽？」我再問一次。「真的嗎？」

「真的。」

「是什麼樣的帽子？」

「怎麼說呢？就是普通的圓帽子，摸來摸去已經髒了，原本應該是白色的。」

我心裡直鼓掌叫好，克子的手札裡確實提到一頂白色親手編織的帽子。我佯裝鎮定、不露出興奮的神色，再問他：「其他還有什麼？」

「沒有了。嬰兒身上會有的，大概就這些了吧！」

「嗯。」

不過，帽子是一大收穫。與我見過面的年輕人裡，沒人提到帽子。這時，我確定二郎就是一原先生的孩子。

「請你幫個忙，你剛剛提到的那些東西，可不可以借我呢？這些話我沒對其他調查的對象說過，根據你剛才的說詞，看來你相當有可能是委託人的兒子，所以請讓我再詳細調查清楚。」

「那倒無所謂，只是……很急嗎？」

「越快越好。不過還是看你方便，用宅急便或什麼寄給我就可以了。」

他考慮了一下，抬起頭說：「不要用寄的。」

「哦？」

「這東西很重要，我會擔心，還是直接交給妳吧！我會再跟妳聯絡，再跟妳約見面的時間和地點。」

我認為他的擔心合情合理。不容否認的，當時我心裡想的是，至少還能與這青年再見一面。

「那我等你電話囉！」

說這話時，我眼裡一定閃著女學生的矜持與羞澀。第二天起，我便七上八下地等他電話。當時的我在旁人眼裡，大概就像個喜孜孜地等著男友來電的思春期少女。現在想起來，我都還覺得兩頰發燙。為了準備下次見面穿的衣服，我專程到從未去過的精品店去了。

不久，我接到他的來電。穿上新買的洋裝，我興匆匆地前往約會的咖啡廳。

他把答應的東西都帶來了。大概是擺在櫃子裡，那些東西散發著一股淡淡的樟腦丸氣味。

「可以借多久呢？」

「需要多久？」

「最長一個禮拜，用完了我打電話通知你。」

「可不可以早點還我？這個東西對我很重要。」

他不安地盯著我把東西收進紙袋裡。我當時也認為他真的很在意。

之後我問了一些他過去的經歷。這與他是否是一原先生的小孩並無直接的關係，但有必要先行了解。坦白說，我心裡其實是希望盡量拉長與他相處的時間。

他只唸到高中，一畢業就離開了孤兒院，目前在汽車修理廠上班，未來的夢想是經營一家能吸引汽車迷的店。

「不知道什麼時候才能實現。」

「一定可以的。」

「如果可以就好啦！」

這麼說時，他胃裡發出嘰哩咕嚕的聲音。我想他應該餓了。

「還沒吃飯吧？我們去吃點什麼吧！」我若無其事地問，但這種話其實是費了好大的工夫才說出口的。到目前為止，我不曾私下邀請任何異性共餐，也不曾被人邀請過。他有點驚訝，默不作聲。

「這附近有一家不錯的西班牙料理唷！」他持續的悶不吭聲讓我感到緊張，害我說話的聲音也跟著提高。我真後悔不該說這些有的沒的，被我這種既老又醜的女人邀請，他這種帥哥怎麼會高興呢？

正當我要開口說「改天好了！」的時候，他卻抬起頭說：「……可以吃漢堡嗎？」

「什麼？」

「可以去麥當勞吃漢堡嗎？我不習慣吃什麼西班牙料理或法國料理的。」他尷尬地用小指頭搔了搔自己的太陽穴。

我這才像放下心中一塊大石地說：「哦，好哇！這附近有嗎？」

他也鬆了一口氣，露出一口潔白的牙齒笑了。三十分鐘以後，我一邊吃著起司漢堡，一邊看著滿嘴大麥克的二郎。

此後，我們又見了幾次面。先是把借來的東西還給他，再告訴他我的調查進度，或追加一些問題等等。不可否認的，有些明明是電話裡就可解決的事，我偏偏想與他見面。他一點也不嫌麻煩，彷彿與我在一起也很愉快的樣子，使我更有勇氣、更大膽地邀約他。

有一天，一原先生躺在病床上問我：「有什麼好消息嗎？」我這才發覺自己邊敲著電腦鍵盤、邊哼著歌。

「啊，對不起。」

「不用道歉。妳看起來神采奕奕，我最喜歡女人這種表情了。」

高顯先生盯著我看，害我很想逃。我心裡在想什麼，總是逃不過他的法眼。

「嗯，上次找兒子的事，可以再等一會兒嗎？還有很多事情要查……」我故意騙他。

但我話還沒說完，高顯先生就搖搖頭說：「不用急，慢慢找。等妳覺得可以報告了再說。」

「好的，我會繼續調查。」

如同我之前向二郎說的一樣，我完全不提中途報告。這也是高顯先生的意思，而事實上他也完全沒問過我調查的狀況。

沒多久，該向他報告的日子越來越逼近了。二郎借給我的東西裡，最有價值的線索是日本手染的幾片尿布。那些東西上面印有一個演員的名字，雖然現在幾乎沒人知道那個演員，不過他是當年克子所屬劇團裡最出名的男主角。

我確定就是他了。里中二郎——就是一原高顯先生的小孩。

20

當我決定復仇雪恨時就在想，到底是誰知道二郎的事？一原家族或是相關人員當中，知道二郎存在的那個人，一定就是殉情案的兇手。

可是就算我想破頭，還是想不出來。我從來沒對任何人說過他的事，就連高顯先生也沒說，但為什麼會有人知道呢？

也不可能是二郎自己說的，他沒理由這麼做。因為當我確定他就是高顯先生的小孩後，不讓我去報告的，就是他本人。

「為什麼？」我問二郎。「為什麼不能報告？」

「我一開始就說啦！不一定要見面嘛！要是報告的話，對方早晚會要求見面，我可不要。」

「為什麼不想見面呢？」

「見了面又能怎樣？嫌麻煩時把我丟掉，老了又來找我照顧他，我看他是老謀深算，哪能順他的意啊！」

「你不願意的話，他也不會逼你認祖歸宗的。只是，連見面都不行嗎？」

「恕我拒絕。」

「可是，你都已經幫我到這一步了，難道你完全不想知道自己的父親是誰嗎？」

「這麼說也沒錯……反正我覺得很怪就是了。」

「是嗎？那麼你之前也未免太投入了吧？你不是很熱心幫我調查了嗎？」

他低聲說：「那不是我的本意。」

「不然是什麼？」

「因為……」他欲言又止，看著我嘆了口氣說：「算了，反正我現在不想見面就是了。」

這種情形，來來回回兩、三次。我大概猜得出，他的「不是」是什麼意思。他應該是要說：「我是因為想見妳才配合調查的。」我發現自己也為了要他說出這句話，才會窮追猛打地逼問他。

總之我一定要說服他，應該說我希望他幸福。於是我再三思量，想出了一個權宜之計。我決定告訴他父親的名字，就算不知道一原高顯先生的名字，也應該聽過他的公司和業績。等他知道自己的父親原來是那樣的人物，他或許會改變心意。

果不其然，他表情驚訝。我們在常去的咖啡廳裡面對面，他的眼神越過我，迷濛地望著遠方。

「真不敢相信，」他喃喃自語著，「那個人竟然是我的父親……」

「一直以來，一原先生都不知道自己有小孩。」

我概略地說明了一下高顯先生與克子之間的事情，也提到高顯先生知道後，並未馬上著手找小孩，後來覺悟自己來日不多，才開始有所行動。

二郎沉默了好一陣子。我想，或許他還沒辦法接受發生在自己身上的改變吧？

「妳還沒……還沒把我的事情跟對方說吧？」

「還沒。我告訴你對方是一原先生，已經算是背叛了他，對你我可沒撒謊唷！」我大膽地說出心裡話，但二郎只是茫然地放空眼神，讓我心裡有點焦急。

「可以再等等嗎？」他說：「我想一個人靜一靜，我現在腦子還很混亂。」

「知道了，我會等你一陣子，等決定後再通知我吧！但要快一點唷！」原先生的時間不多了。」

此時他兩眼有點兇狠地說：「這又不是我的錯。」

一時間我想不出任何反駁的話。

之後過了十二天，他完全沒聯絡。期間我試著打兩通電話給他，但他都不在家。然後在第十三天的晚上，他突然跑到我住的公寓來。我雖然告訴過他地址，但沒想到他會突然闖來，而他的這個舉動讓我亂了方寸。

他眼睛四處張望，問我：「可以進去嗎？」我有點猶豫，不過我不是不想讓他進來，而是擔心他究竟是怎麼想的。

後來，因為不想錯過與他單獨相處的機會，我就假裝平靜地開門讓他進來。

「很漂亮的房間嘛！」他站在房間中央說：「很有女生的味道。是桐生小姐的……是枝梨子的味道。」

從他口中說出的「枝梨子」三個字，在我內心造成震盪不已的迴音，但表面上我仍裝作什麼都沒聽見的樣子。

「喝咖啡嗎？」我說完便走進廚房。我一邊泡咖啡、一邊想著，幸好下班回來後還沒卸妝，否則我實在沒勇氣以最原本的面貌見他。

「所以呢？你決定了嗎？」我端出咖啡時這麼問。他並未伸手取杯，只是呆呆地盯著杯裡冒出的白煙。

「妳用的是文書處理機嗎？」他嘀咕著。

「什麼？」我又問一次。

「妳的報告是用文書處理機打的嗎？」

他問的應該是關於他自己的那份報告。我回答是。

「在這裡寫嗎？還是在公司？」

「不能在公司寫。過來，我給你看。」我把他帶到文書處理機前，給他看我正在打的報告。

他緊盯著畫面問說：「然後印出來就好了嗎？」

「印出來我簽個字就好了。」

「哦！」接著，他又看了一下畫面說：「我現在把報告內容全刪掉的話，妳會生氣嗎？」

「你為什麼要這樣？」

「哦……說說而已啦！」

「刪掉的話，我就只好重寫了。」

「我想也是。」

他回到客廳後，我關掉文書處理機的開關。

「這樣我很不甘心。」他喃喃自語著。

「什麼？」

「我不甘心，我不想讓他稱心如意。這都是他的陰謀，順利找到兒子，再叫我幫他收拾善後。」

「不會麻煩你的，一原先生不是那種人。」

「對我而言，就算有一大筆遺產，那也是麻煩。」

「是嗎？」

二郎看起來心裡還是很亂。我一邊用湯匙攪拌咖啡，一邊想著要說什麼讓他冷靜下來。

「那，不然你說要怎麼辦？」

經我這麼一問，他兩頰微微地痙攣了一下。

他緩緩地望著我說：「我今天……是要來冒犯妳的。」

「啊？」我雖然發出了驚嘆，但仍面不改色。應該說，我不知該用何種表情面對他，雖然我確實聽到了他說的話，但不懂真正的意思。

「我現在，」他抓起我的手說：「就要……」

「等一下！」我想抽回手，但他力氣太大讓我抽不回來，只好放棄了，便把另一隻手也放在他手上問：「怎麼會變成這樣？」

「我要讓他知道我的想法，」他說：「我要教訓一下那個叫一原什麼的男人。我要讓他知道，這世界上可不是任何事都能照他的意思。」

「不，他就是這麼想的。他以為只要有錢，不管過去什麼事都能用錢清算。所以我要侵犯妳，妳可以向他報告，那個男的一定想不到事情會變成這樣吧？妳以為這樣他還想認我當他的兒子嗎？我敢打賭一定不會。就算他想跟我道歉，到時候事情變成這樣他應該也會後悔吧？」

「所以，你要侵犯我？」我盯著他。

他眨了眨眼將視線移開說：「不只是這樣……其實我一直都很想……很想抱妳。」

他的話震撼了我，我甚至感受到血液噴出心臟的聲音。從頸子到臉頰，都像火燒般炙熱。

「我懂了，你先放手。」我拚命掩飾內心的激盪，想掙脫他的手。他用力緊抓不放，但我死命地掙扎。好不容易掙脫開來，我迅速站起身，面對陽台。落地窗映著他的身影，我看見他直盯著我的背瞧。

我把窗簾拉上，轉身低頭看著他。我的心跳持續加速，費了好一番工夫後，才讓自己的呼吸調整過來。

「我懂了，」我又說了一次，一個深呼吸之後說：「抱我。」

他很明顯地愣了一下。他似乎忘了如何發聲，只有嘴唇無聲地蠕動。

「我不希望你去做侵犯女人的事，」我說：「我也不希望你侵犯我。這是我倆心甘情願的，是你的話，我願意。」

他眼睛轉向桌上的咖啡杯。「有什麼喝的嗎？威士忌之類的……」

「有。可是用酒精壯膽就太膽小囉！」

二郎伸手拿起杯子，啜了一口咖啡。放下杯子後，他悶不吭聲地站起來，低著頭走向我問道：「這件事，妳不會報告吧？」

「不會。沒理由報告，這是我的私事。」

他盯著我的眼睛，我大方地接受了。老實說，此刻的我簡直興奮不已。

下一秒，我緊緊地抱住他。我太用力了，感到連呼吸都有些困難。

然後他吻了我。很久以前，我有過初吻，不過距離這次也十幾年了。這時的我，早已顧不了被他聽見自己加速的心跳聲。

一陣甜蜜的陶醉與緊張，伴隨著一點疼痛。他並不笨拙，也不令人覺得經驗老練。但話說回來，這只不過是我單純的印象罷了。

三十二年了。歷經了悠悠的漫長歲月，我終於成為真正的女人。

那晚以後，我的人生有了徹底的改變。每天二十四小時，我不斷地想著二郎，我開始無法想像沒有他的生活會變得如何。為了他，我死都願意。

21

悲傷使我的腦筋變得糊里糊塗，我還想起許多亂七八糟的事。現在不是感傷的時刻，一定要趕快查出真相。

回到房間時，只看到年輕的高野刑警留在那裡。他說調查進行得差不多了。

「那麼，我可以進來了嗎？」

「可以，不過有件事想跟本間夫人確定一下。除了遺書之外，沒有掉其他東西嗎？」

「嗯，其他東西……」我進入屋內，假裝再看看皮包裡面和洗臉台上。

「女生的化妝品可真多哩！」高野邊說邊看著洗臉台上各式各樣的瓶子。他的意思應該是說，明明都是老太婆了，還那麼愛打扮啊？如果是女生看到這些東西，應該會覺得不太對勁，畢竟有很多東西是一般女生用不到的。

「應該沒有遺失其他東西了。」我環視了一下房間後說。

「是嗎？」高野點頭，「這個東西很少見呢！」他看著我的皮包說：「裡面是威士忌嗎？」

我曉得他在說什麼。他的目光停留在我皮包內袋裡那個不鏽鋼的小瓶子上。

「哦，這個嗎？」我把瓶子塞回口袋、扣上袋子說：「不，裡面不是酒，是卸妝用的類似酒精的東西……」

此時門口傳來敲門聲，是蒼介。

「哦，原來妳和刑警一起啊……本間夫人，矢崎警部叫大家集合。」

「怎麼了嗎？」我站起身。

「不曉得，大概是掌握了什麼線索吧！警察說話老是不清不楚的，真是麻煩。」蒼介斜眼看著高野刑警這麼說。

大夥在大廳等了一會兒後，矢崎警部出現了。他的表情相當嚴肅。

「女主人，小林女士。」警部喊了小林真穗一聲，接著說：「我再問一次，昨天妳真的沒把萬用鑰匙借給任何人嗎？」

「我剛剛就說過了，確實沒有。」

她說完，矢崎搖搖頭。「請妳老實說，真的誰都沒有借嗎？」

「沒有。」

「了解。」接著警部轉向我問道：「本間夫人，昨天由香小姐進了妳的房間嗎？」

「沒有。」我搖頭。

警部點頭後，兩手交叉胸前，用狐疑的眼神盯著現場所有相關人員。「萬用鑰匙上，驗出了由香的指紋。」

這時，有人發出了驚呼。矢崎警部彷彿回應這個聲音似地點了兩、三次頭說道：「不只是萬用鑰匙，還有『居之壹』，也就是本間夫人房間的門把上、和式拉門的邊上，都發現了由香的指紋。依照本間夫人的說法，你們大家到這裡之後，由香應該沒進過本間夫人的房間，那為什麼她房裡會有由香的指紋呢？」

「你是說，偷遺書的人是由香嗎？」曜子拉高了聲調。

警部點頭。「可以這麼認定。」

「怎麼可能？由香為什麼要做那種事？」紀代美一臉悽楚地抗議道。

「沒錯，」矢崎用異常冷靜的語氣說：「這就是我們想問的。由香為什麼要做這種事？夫人有什麼線索嗎？」

「怎、怎麼可能會有嘛！」紀代美生硬地回答。

「其他人呢？」警部問其他人，可是沒人回答。我想他們也許心裡都有數，只是不想由自己的嘴裡說出來吧！

「藤森曜子小姐，」他直接叫曜子的全名。「妳昨天晚上好像在這裡推理說，半年前的自殺案是設局的，桐生枝梨子的遺書大概就是舉發這件事，對吧？」

「……是。」她垂頭喪氣地回答。

「如果妳的推理正確，對兇手而言，桐生小姐的遺書就是很不利的證據。」

「是沒錯。」

「所以，」警部舉起手，豎起一根食指說：「要是由香真的偷了那份遺書，那代表由香就是設局那起自殺案的兇手囉？」

「你在說什麼？為什麼由香要做那種事？」紀代美在一旁大叫，她身邊的刑警則趕緊進行安撫。

「太太，冷靜點，這只是假設。」

「什麼假設啊？簡直胡說八道。她都已經被殺了，還被誣賴……我可憐的由香啊！」她開始哭泣，現場也因此重獲寧靜。

矢崎警部面不改色地說：「怎麼樣？藤森小姐？」

曜子雙手搓個不停，想藉此壓抑激動的情緒。「我只是說那個案子可能是被設局陷害的，並沒說百分之百一定就是那樣。我更沒說由香是兇手……」

「可是妳並不否認這種可能性。」警部執拗地問。

曜子不得不嘆氣，回答說：「光說可能性的話，是，我的確不否認。」

「好的，請坐。」

警部的兩手背在後面，低著頭，在我們面前踱步。當他停下腳步後，開口說道：「這到底是怎麼回事？」他喃喃自語著，「本間夫人手上那份桐生枝梨子的遺書，怎麼看都像是由香偷的。但由香又被人殺害了，這到底是什麼情形？」

「由香的房間裡有那份遺書嗎？」直之問。

警部搖頭說：「到處都搜過了，沒找到，我們認為是兇手拿走了。至於為什麼兇手要拿走，這又是另外一個問題了……」

「我可以說說我的看法嗎？」直之打斷警部的話，警部則伸出手掌示意請說。

「我不知道由香為什麼要偷那份遺書，但這或許與她被殺害沒有直接關係。兇手拿走了那個信封，可能認為裡面有現金或什麼的吧！她的錢包不是也不見了嗎？」

這種說法隱含兇手是從外面入侵的意思。

這時，蒼介忽然插嘴說：「那信封上什麼都沒寫，所以兇手很有可能誤以為裡面是錢吧？」

其他人微微點頭。

「這確實也有可能。」矢崎警部以例行公事的語氣，暫且同意兩人的說法，但又說：「只是太巧了。」

「矢崎先生，」直之不以為然地說：「你想說兇手是我們內部的人，對吧？」

「並不是，」警部的雙眼炯炯有神，「我沒這個意思。就因為懷疑兇手是外面的人，所以我們才問附近有沒有可疑人物，只是目前尚無證據指向這種可能性。」

「半夜發生的事，沒有目擊者也是理所當然的囉？」

「也許是吧！」

「本間夫人的房間裡驗出由香的指紋，那由香的房間呢？早上我們大家都按過指紋了。」曜子不滿地說。

警部翻開筆記說：「驗出的有由香自己的指紋、一原紀代美、小林真穗、藤森加奈江，以及負責打掃的服務生。那個服務生昨天沒來，也有不在場證明。」

「若是強盜殺人，應該會戴手套吧？」直之說。

「有可能。指紋以外還發現了幾根毛髮，現在鑑識科的人正在化驗。」

聽到毛髮我嚇了一大跳，搞不好其中也有我的頭髮。如果是自己身上的毛髮，還可說謊蒙騙過去，但白色假髮是合成纖維，被發現的那些毛髮裡應該沒有白髮吧？

一定沒有。如果有的話，不用等化驗結果，應該會直接來問我才對。一看就知道滿頭白髮的只有我一人。沒事，沒事，我安慰自己。

「從頭髮可以知道什麼嗎？」蒼介問。

「可以知道很多事。」警部回答得很閃爍，似乎不想詳加說明。

「若出現相關人員以外的頭髮，外部人士行兇的可能性就提高了吧？」直之再確認一次。

「嗯，沒錯。」矢崎警部漫不經心地回答，「其他還有什麼問題嗎？」

沒人發言。

警部清了清喉嚨又說：「總之，現階段一切都還沒有定論，但我們有需要弄清楚由香的行為。她潛入別人房間，意圖偷竊遺書，這件事非比尋常。現在開始我們會針對各位訊問各種問題，請大家務必配合調查。」

從警部的語氣裡，我有預感警方的偵辦方向，會重啟半年前的案子。一層陰霾籠罩著在場所有的人，互相窺視的視線在空中交錯。

22

大夥暫時先各自回房間。關上房門，我全身筋疲力盡。昨晚一夜沒睡，又一直維持變裝姿態，我精神緊繃得快撐不住了。我把坐墊排成一排，躺在上面。

現在不能睡，我輕輕閉上眼，打算整理一下思緒。

首先是由香的事，為什麼她要偷遺書？

她不像會為爭奪遺產而膽敢殺人的女孩。雖然自尊心強，過不了苦日子，但只要維持現在的生活水平，應不至於甘冒風險。母女倆，目前應該還有某種程度的財力。

若說爭奪遺產，母親反而比較有可能。紀代美是個外表柔弱、內在貪婪的女人，她所寄望的高顯先生的遺產沒到手的話，說不定會氣得發狂。

這也說得通，我張開眼。

紀代美也有可能是兇手，這樣就可以說明由香為何要偷遺書了。知道母親是殉情案的兇手，為了幫她掩飾，才去偷遺書，但也可能是受了母親之託才去偷的。

但為什麼由香被殺了呢？假設與殉情案無關，只為了多分一點遺產，那蒼介、曜子、直之，都有可能。

不，由香偷遺書這件事，與她被殺害不可能無關。我不是矢崎警部，但同樣也覺得不會是巧合。

若紀代美不是由香的媽媽，她們還可能是窩裡反，但身為母親的絕不可能殺了自己的女兒。

關鍵在「И」。那到底是什麼意思？由香到底要說什麼？

就這樣，我把所有的可能想了一遍，但大概太累，就昏昏沉沉地睡著了，直到敲門聲讓我醒了過來。

我趕緊用小鏡子檢查了一下臉上的妝，出聲回應後才打開門鎖。矢崎警部和高野刑警就站在外頭。

「您正在休息嗎？」警部不好意思地問。

「是，在打盹呢！」我堆著笑臉看著兩位刑警說：「有什麼事嗎？」

「有點事想請教您，可以打擾一下嗎？」

「好，請進。」我請他們兩位進來後拿出坐墊，但他們只是盤腿坐在榻榻米上。

「請問，您昨天到庭院去了嗎？」這是第一個問題。

我回答去了，一旁的高野便拿出類似地圖的東西。仔細一看，這是旅館庭院的鳥瞰圖，中央還畫了一個水池。

警部問我大約是幾點、在哪一帶走動？我告訴他我是昨晚上床前出去散步的，還碰到小林真穗。旁邊的高野在地圖上，畫出我走的路徑。我清楚他們的目的。

問完話，警部頗為滿意地摸著下巴說：「謝謝。」

「哪裡。請問，這跟水池邊發現的腳印有關嗎？」我若無其事地問。

警部臉色大變，問道：「您聽誰說的？」

我說出剛才碰到了古木律師及黲澤弘美的事，矢崎警部的臉色才稍微緩和說：「原來如此。」

「那真的是兇手的腳印嗎？」

「還不知道，應該說還無法判斷。目前只能確定有人曾經跳過水池，因為水池對面也有個相同的腳印。」

「還真奇怪呢！」

「單純散步的話，是不會那樣跳的。」說完警部苦笑了一下，立刻又板回一張臉說：「雖然還不能肯定，但如果真的是兇手的腳印，這或許是很重要的線索。殘留的腳形並不清楚，在調查上有點困難。」

「兇手是出了由香的房間以後，跳過水池逃走的嗎？」

我的意思當然是兇手是外面來的，可是警部卻說：「應該是，不過不知道要逃回哪裡就是了。」他的話隱含了弦外之音。

「總之，」他繼續說：「可以斷定的是，腳印的主人體力很好，跳得過水池，其他部分最好不要有先入為主的觀念。」

「那一定不會是我了。別人我不知道，但至少我不可能跳得過去。」

說完，我覺得自己太多話了。以一個氣質高雅的老太太來說，我的語氣過於明哲保身，然而警部似乎並不覺得奇怪地繼續說：「我們並未特別認定兇手是內部的人。」他坦白道。

我看他們問得差不多了，於是決定替他們兩位泡茶，他們也客氣地伸手接過茶碗。

「真是個好茶碗。」喝了口茶，矢崎拿起茶碗看著我說：「本間夫人，您以前好像教過茶道？」

「哦，是啊……那是很久以前的事了。」

這事我聽本間夫人提過。為什麼這個男人知道呢？他似乎想進一步刺探。

「不好意思，我以前在前橋見過夫人。」

「哦，這樣啊……」

這半年來，本間夫人並未碰到過鄰居，希望這不會成為疑點。

「我偶爾也學習茶道，但總弄不出漂亮的茶泡，怎麼學都不會。」

「一開始我也不會。」我順著他的話說。

「是嗎？所以我也不是特別笨囉！」矢崎在茶碗裡攪拌著小刷子邊說。

「由香的媽媽……紀代美的偵訊也結束了嗎？」我趕緊轉變話題。

「是啊！剛剛終於結束了。」

警部與高野刑警對望了一眼，似乎有點傷腦筋。

「查到什麼線索了嗎？」

「沒有。勉強說來，算是安眠藥吧！」

「安眠藥？」

「由香好像睡不著，跑去向她媽媽討安眠藥吃。紀代美習慣旅行時都攜帶安眠藥，所以她給了由香一顆。」

「這樣啊……」

由香為何要安眠藥？我默不作聲。警部彷彿看穿了我的心思說：「說不定是要給本間夫人吃的。」接著又說：「讓您睡著她才好偷遺書，但似乎不太需要。」

「我們上了年紀的人，很早就睡了嘛！」我苦笑著又說：「警部先生，半年前的殉情案和這次的兇案，您認為有關係嗎？」我再問。

他放下茶碗，動作誇張地將兩手交叉在胸前，嘴裡嘟囔著：「我現在認為可能有。這些話我只對本間夫人說，事實上殉情案發生當時，在我們警方內部便意見分歧。有些人認為應該再調查、調查，認為是某人的陰謀，只是後來不了了之，因為連唯一的證人桐生枝梨子，都沒推翻自己不是被迫殉情自殺的說法。而且沒多久，她又自殺了。」

「如果跟這次的兇案有關，那又是什麼情形呢？」

「嗯，」警部有些苦惱地說：「比較適當的說法，就是和藤森曜子所說的一樣，目的就是遺產。可是不管怎麼推理都不對，若是那邊對了，這邊就不對。」

警方似乎跟我一樣陷入迷思。不消說，我當然站在較為有利的一方。

「假如殉情案是假造的話，」警部放開交叉在胸前的雙手，身體向前傾，說道：「兇手為什麼要自殺？如果想要殺害桐生枝梨子，只要設計成她自殺就好了，所以也許這不是自殺，是意外。」

「這……會有這種事嗎……」他的話一針見血，我驚訝地口齒含混了起來。
「最重要的是，為什麼選這家旅館作為假造自殺的地點呢？為了掩人耳目，應該選別的地方才對，譬如像桐生小姐跳下去的懸崖那一類的地方。」
他的語氣突然充滿了熱忱，一副想打破砂鍋問到底的樣子。隨後，警部臉上浮現自我嘲弄的笑容，說道：「真奇怪，我怎麼會對之前的案子那麼熱中呢？解決這次兇案才是重點吧！」
「一定能理出頭緒的。」
「希望如此囉！」說完，警部朝高野使了個眼色，便站起來對我說：「耽誤您那麼多時間，感謝您的配合。接下來可能還會問您一些問題，到時候也萬事拜託了。」
「當然，隨時歡迎。」
警部他們出去後，我回想他剛剛提出的疑問。兇手為什麼要選這家旅館作為假造自殺的地點呢？
因為，這裡是父子相會的場所。
當我沉醉在幸福的日子裡，悲劇也逐漸接近。高顯先生的病情急速惡化，於是我拜託二郎，要他答應向高顯先生報告結果。
「最近，一原家族有個聚會，」我對他說：「地點是一間叫作迴廊亭的旅館，大家會在那裡住幾天。如果可以的話，一原先生應該希望能在那時候向大家介紹自己的孩子。所以，我想在聚會之前向他報告。」

二郎有點猶豫，但就算有所抗拒，他心裡一定還是會想見自己的父親吧？

「好吧！我去見他。」在一段長長的沉默之後，他終於開口，讓我鬆了口氣。「但是，」他繼續說：「不要事先報告，我要直接去見他。」

「怎麼見？」

「那些親戚在旅館時，我去他房間，來個出其不意。到時候枝梨子再幫我帶路。」

「可以是可以啦……」

「好，就這麼決定了。」

他看起來幹勁十足，還用右拳擊了一下左手手掌。

當天晚上，我刻意不將玻璃窗上鎖，方便他能隨時進來。我鑽進棉被裡，興奮得完全睡不著，心情就像一個打算惡作劇的小孩。

不幸的，那個晚上等著我的，竟是一場令人無法想像的悲劇。

男友被奪走的恨……我要親自復仇。

23

我一直待在房間裡。到了傍晚，小林真穗來敲門，說是晚餐準備好了。

「是您做的嗎？」我驚訝地問。今天廚師應該沒來才對。

「不，我叫外送壽司，蒼介先生他們要求的……不好意思。」

「哪裡，哪裡，」我揮揮手說：「我吃什麼都好，就算只有茶泡飯也可以。您都特地準備了，我馬上過去。」

昨晚晚餐的房間裡，壽司已經準備好供人享用，而有些人早就坐下自行開動，絲毫不覺得失禮。

「警察走了嗎？」加奈江手裡拿著茶碗問。她的盤子已經見底了。

「的確沒看到警部的身影呢！」曜子也附和，「可能回搜查總部了吧！」

「庭院裡還有幾個刑警，」蒼介說：「還滿拚的嘛！真佩服他們的體力和毅力。」

「如果真的抓得到兇手就好了。」曜子說完，嘆了一口氣。

古木律師和鰺澤弘美也進來坐下。

「對不起，把律師也留了下來。」蒼介代表家族成員致歉，老律師則一臉笑容地回禮。

「那您今晚有什麼打算呢？」直之問。

「我們住員工宿舍，可能有幾位刑警也會一起。」

「哎呀，可以住我們這邊呀！」加奈江對鰺澤弘美這麼說道，看來他們已經很親近了。

「謝謝。不過，刑警不希望我們住這裡。」

「為什麼？」

「一定是想隔離我們這些嫌疑犯呀！」曜子話裡帶刺地說。

「是嗎？」加奈江兩眼睜得好大。

遲遲不見紀代美的身影，只剩下一盒孤零零的壽司。「拿去給她吃好了。」直之對小林真穗說。

「請等一下，我馬上就拿過去。」我阻止了正要起身的真穗，把紀代美的壽司拿了過來。我想這是單獨問紀代美事情的最好時機。

「不，本間夫人，這個我來就行了。」

「女主人您就忙著照顧大夥吧！沒關係，這一點我還拿得動。」

「啊呀！伯母，我拿過去吧！妳看，我已經吃完了。」加奈江突然站起來。

「不，加奈江最好別去。」蒼介說：「妳會讓她想起由香，況且，紀代美正在懷疑我們呢！如果是本間夫人，她或許還不會那麼疑神疑鬼。」

這是真話，沒人反駁。我看了看惶恐的真穗，拿起壽司走出了房間。

看到我拿晚餐過來給她，紀代美似乎有點訝異。我以為她會拒絕說吃不下，沒想到她竟乖乖地收下了。

「在整理行李嗎？」我瞧了瞧房裡問，因為衣服都疊在榻榻米上面。

「他們把由香的行李還給我了。」她邊說，那雙依然充滿血絲的眼睛邊向下望著。

「可以耽誤一下嗎？」我問：「我有事想請教妳。」

紀代美的眼神中一度充滿戒心，不過隨即又放軟姿態說：「好的，請進。」然後讓我進了房間。

房間中央有個行李箱，裡面有各種東西整齊地排列著，大部分是衣服，但化妝品和首飾也不少。

「警方從這些行李當中查到什麼線索了嗎？」我問。

「我想只是形式上的搜查。」她的語氣裡充滿對警方辦案能力的質疑。

「對了，紀代美，」我壓低聲音問她，「矢崎警部似乎認為兇手就在我們之中，妳怎麼看這件事？」

紀代美吃驚地看著我，但下一秒，她的眼神中彷彿又對我充滿了信任。或許她認為，這個老太婆不可能殺由香吧！

「就算兇手是親戚也不奇怪，他們總是把金錢看得很重。」

由於女兒被殺導致哀傷過度，她的話裡完全沒有包庇親戚的意思。

「妳在懷疑曜子？」我說。

聞言，紀代美扭曲著臉說：「現在最需要錢的就是她了，畢竟她老公的生意一天不如一天，但其實我沒什麼根據，是我太激動了。」

「由香到我房裡來，拿走了桐生小姐的遺書，這件事妳有什麼看法？」

「我完全沒概念。」紀代美痛苦地皺著眉，緩緩搖著頭說：「應該是弄錯了，我完全搞不清楚。」

「以前發生那件殉情案的時候，妳也在這裡嗎？」

「對。」她點了一下頭。

「事件之後，由香沒說什麼嗎？或是變得很奇怪？」

「這些事，警部也問過了。」紀代美毫不掩飾內心的不悅，繼續說：「我真的什麼都不知道。我沒那麼遲鈍，遇到火災當時確實也很激動，但我很快就恢復平靜了，以後也沒再提過。老實說，我跟孩子幾乎都快忘記那件事了。」

真的嗎？紀代美看起來不像在撒謊，只是不知道由香會怎麼說？

「啊，真想趕快離開這裡。之後還有由香的告別式，我也不想再碰到那些人……兇手要是在裡面，我一定要看著他被逮捕。」

紀代美悽楚的表情寫滿了哀怨和憤怒。

看來，從這女人嘴裡問不出個所以然。我正要起身，突然看到由香的裝飾品。啊！原來如此。

「真漂亮的戒指啊！」我拿在手上的，是一只珍珠戒指。上頭的珍珠帶點粉紅光澤，表面沒有一點刮痕。

「這是新做的，」紀代美說：「難得買到高級珍珠，我建議她做成耳環，可是那孩子說要做戒指。忌日戴珍珠也比較沒關係，還說時機剛好，想不到她還來不及戴就……」

「這樣啊！」

她已經開始泣不成聲。我感到有些不可思議，將戒指歸回原位，邊瞄著其他首飾問道：

「另外一顆呢？」

「另外一顆？」

「要是能做成耳環的話，珍珠應該有兩顆吧？」

「哦，對，」她用手帕遮住眼睛，「她說要做個別針給我，大概是放在家裡吧！請問，有什麼問題嗎？」

「沒有，」我揮揮手說：「沒什麼，真是一顆很棒的珍珠。我只是好奇，不知會作何用途。不好意思。」

「沒關係。」

「那麼我就先失陪了。」我禮貌地告辭，走出房間，回到大夥吃飯的地方。我的腦筋轉個不停，為什麼這麼簡單的事，自己卻不曾注意到呢？

兇手也許不是自己的母親，而是對由香來說另一個很重要的人。她應該是為了他，才把遺書偷出來的。

那重要的人，究竟是誰？我想起曜子昨天說的那句話——由香心裡已另有所屬。

健彥？不，不是他。

那是直之？

今天早上他領帶掉下來，當時有個珍珠領帶夾也一起掉了出來。曜子說：「你不是不愛別領帶夾嗎？」他說：「是別人送的。」隨即將領帶夾塞回口袋裡。

難不成那是由香送的禮物？剛才看到由香戒指上的珍珠，和直之領帶夾上的珍珠，不管顏色或大小都很類似。

要如何查出真相呢？聽紀代美的口氣，她好像也沒發現女兒的心意。加奈江呢？不，不可能，她若知道，早就說出來了，更別提健彥了。

我邊想邊回到座位上。大家紛紛詢問紀代美的情況，我則說她精神還不錯。

我坐在位子上把剩下的壽司吃光，但食而無味。不知不覺間，我的視線移向直之。大概是單身的關係，他看起來才三十五歲左右。由香這種年紀的女孩，最容易迷戀這種成熟型的男人，可惜他們是叔叔與姪女的關係，就算再喜歡，也不可能進一步發展。那由香到底打算怎麼樣呢？

晚餐匆忙地結束了，大家也差不多準備回房休息。我開始著急，得趕緊想想辦法。

幸好，直之並沒有回房，一個人在大廳角落讀起晚報。報紙上大概刊登了這裡發生的事，他皺著眉，專心地閱讀。

沒其他人了，我可不能放掉這個機會。我果決地在他對面坐下。他朝我瞄了一眼後，又把視線移向報紙上。

「直之先生。」我一本正經地喚道。

他一臉驚愕，問我：「什麼事？」

我調整一下呼吸，確定四下無人後才開口：「由香喜歡的男人到底是誰，你不會不知道吧？」

直之臉上的表情瞬間消失。他的雙眼重新聚焦之後看著我，但那已經過了好幾秒鐘了。

「為什麼這麼說？」那迷惑的語氣不像是他平常的樣子，於是我更確信自己的直覺沒錯。

「也沒什麼特別意思……只是想或許和這次的兇案有關吧！」

聽我這麼說，直之摺起報紙，偷窺似地瞄了一下周遭，身體向我靠近，對我說：「我也不知道本間夫人為什麼這麼說，但是，為什麼問我呢？」

「直覺罷了。問任何人都可以，只是……」我臉上堆著假笑，「我以為直之先生知道。若不知道的話，對不起，請不要放在心上。」

我站起身，隨即揚長而去，但沒多久，就聽到身後傳來一聲「本間夫人！」，於是我回過頭。

「這件事，最好別在他們面前提起，畢竟您是局外人。」他沉著臉說。

「好，我知道。我不會再說了。」

說完，我邁開大步走。我感覺身後直之的視線，一直盯著我看。

24

進入迴廊、走向自己的房間。我佯裝鎮定，心臟卻撲通撲通地跳，腳步也不知不覺地跟著加快。

沒錯，由香愛的是直之，他本人也知道，否則不會看起來那麼心虛。

直之是兇手的話，一切就說得通了。

由香認為他是自殺案的兇手，而得知桐生枝梨子留有遺書之後，她會怎麼想？一定想非偷到手不可。

當然直之不會什麼都不做，而由香一定認為他會動手偷遺書，所以想幫他。這樣她與直之之間就有了共同的秘密，兩人之間的感情也會更加緊密。

我想到兩項證詞：一個是酒，一個是安眠藥。

為了親手偷出遺書，由香得讓直之先睡著，於是向母親要了安眠藥，放入葡萄酒裡，讓直之喝下。這從小林真穗提議幫她開瓶被拒，而她故意跑到直之房間這件事裡，可以得到證明。

再來，由香為什麼會被殺呢？

從直之的角度看來，安眠藥效力能持續多久並不清楚。如果他半夜醒了呢？他會起來偷遺書，當場又目擊到由香。

也許兩人在迴廊碰了面。難不成，由香跟直之報告說遺書到手了？

不管怎樣，他一定察覺到她知道真相了。雖然由香愛他，但他卻不愛她。為了保守秘密，他殺了她……

這個說法合情合理，並不勉強，何況由香在臨死之前，留下了直之的名字。N一定誤寫成了「И」，可視為直之羅馬拼音的第一個字。

唯一不解的是，以我長期以來對直之的印象，怎麼都無法想像他會是做出這種事情的人。

不行，我搖搖頭。不能這麼糊塗，不可以被騙，再沒比這種推理還完美的了，絕對不會有了。

開始復仇吧！我得殺了直之，時間不多了。

我邊走邊想策略，但如何進行才會順利呢？我看只能趁睡覺時偷襲，把繩子繞在他的脖子上，用力一拉。就算他體力再好，也會無力抵抗而一命嗚呼吧？

問題是刑警們的監視不知有多嚴密。聽說，警力主要分布在建築物的周圍和玄關入口處。房間附近雖然沒有設警哨，但現在還弄不清矢崎警部的想法，所以還是先確認清楚，到時看情形再做調整。

我看了一下手錶，快八點了，但距離大家熟睡還有很長一段時間。

從「路」棟走到「居」棟的半路上，我停住腳步。眼前出現了一個苗條的身影，而對方也看到我了。

是騖澤弘美。

「找我有事嗎？」我盡量堆著一臉笑容問道。

弘美也自然地微笑，他回答：「哦，沒事，我只是來這裡參觀、參觀。」

「這樣啊！」

他在調查什麼？是有關由香的兇案嗎？

弘美直盯著我看，我不得不低下頭來。

「那位古木先生呢？」

「他說累了，大概已經回房間了吧！您有什麼事，我可以代為轉達。」

「哦，沒事。那麼，晚安了。」我低著頭從弘美身邊經過。

「好的，晚安。」

弘美與我朝反方向走去。我駐足，回頭望。

胃還是有點疼。

25

可惜天不從人願，剛過九點，矢崎警部又出現了。我把水壺裝滿熱水，打算回房間。其實我到廚房去原本是想找找看有沒有什麼東西可當作凶器，結果小林真穗在那裡，我逼不得已只好作罷。

警部請真穗去叫健彥。他的聲音與白天時不同，聽起來很有壓迫感。

「健彥怎麼了嗎？」我好奇地問。

警部只冷冷地回答：「沒什麼，小事而已。」

沒多久，健彥鐵青著一張臉現身大廳，父親蒼介也跟在後面。矢崎警部皺著眉頭說：「對不起，我們只找健彥先生。」

「為什麼？」蒼介有點生氣。「只找健彥是什麼意思？個別偵訊今天早上不就結束了嗎？」

「您別想得太嚴重，我們只是顧及健彥先生的隱私權才會這麼做的。」

他的遣辭用字雖然禮貌，聽起來卻毫不讓步。

「我不懂，這和健彥的隱私有什麼關係？」蒼介不服氣地反駁，不過他的聲音實在太大，害得剛步出房門的加奈江嚇得不敢動。

「我又沒做見不得人的事，要問什麼，這裡也可以啊……」健彥低著頭說，語氣顯然沒有父親那般兇。

「算了。」矢崎警部嘆了口氣說：「我們驗出你的指紋。」

「在哪裡？」蒼介問。

「由香房間玻璃窗戶的外側。玻璃上有什麼東西擦過的痕跡，好不容易查出是你的指紋，想請你做個說明。」

警部說完，連一直袒護健彥的蒼介也盯著他瞧。健彥緊閉著嘴，不停地眨眼。

「怎麼了？幹嘛不講話？應該是你在院子散步的時候，不小心碰到的吧？」

蒼介問兒子的口氣恰似正在袒護被老師責罵的兒子。然而，警部沙啞的聲音繼續說：「白天我問過大家昨天是不是去過院子，當時健彥應該是說沒去。」

蒼介吸了口氣，卻忘記吐出來。

「我知道了，」健彥終於開口，「我會解釋的，我們先到別的地方去吧……」

「健彥！」

「他本人已經同意了。那我們這邊請，到辦公室去吧！」矢崎警部催促著健彥，而就在蒼介不知所措地呆站在那裡時，健彥就被警部和高野刑警強行挾持般地步出了大廳。

也許是聽見剛才蒼介的聲音，直之和曜子也來了。加奈江在一旁看到事情的來龍去脈，向他們解釋了一番。

「健彥他……」話還沒說完，直之突然住口。對我來說，這個沉默令人玩味，他是因為知道警方開始懷疑別人，而鬆了一口氣嗎？或只是純粹擔心姪兒的事？但光從他的表情我實在無法解讀。

蒼介像熊一般以驚人的氣勢前後踱步，一再地看著手錶。大約三十分鐘以後，他兒子終於出來了，但不知為何卻紅著一張臉。

「健彥，怎麼了？」

他不搭理，從我們中間穿了過去，消失在迴廊裡。蒼介趕忙追在後面。

高野刑警進來叫直之，說接下來有事問他。

「我嗎？是，好的。」

他看起來並不意外，老老實實地跟在高野刑警的後面。從他坦蕩的態度看來，一點都不像是兇手。話說回來，他真的是那種人嗎？我不禁再度迷惘。

這時紀代美出現了，向小林真穗要了冰塊。她說自己有點發燒，想用冰塊敷敷額頭。

「好的，我馬上替您拿冰枕過來。」

「不用，冰塊就可以了。放在塑膠袋裡，我要當冰敷袋用。」

真穗回到廚房後，紀代美望著我們。她還不知道發生了什麼事，於是我就簡單地敘述了一下現在的情況。然而她只是面無表情地應了聲「是嗎？」，彷彿已經做好心理準備，靜待警方將兇手緝捕歸案。

真穗拿著冰桶回來的同時，直之回來了，而高野刑警也一起過來。高野看著我說：「本間夫人，請跟我來。」這完全出乎我意料之外，讓我嚇了一跳。

「我嗎？」

「是的，麻煩您了。」

我瞄了一眼直之，他表情略帶歉意地低下頭。

矢崎警部正在和別的刑警商量事情，邊說邊看著紙條頻頻點頭。然後他命令屬下出去，便轉頭看著我們。

「哦，抱歉，久等了。」

「有什麼發現嗎？」問話的是高野刑警。警部原本似乎有點介意我在一旁，但停頓了一下，認為無妨之後便回答：「關於毛髮鑑識報告，我們從一原由香的房間裡找到死者本人以外的四種毛髮。其中之一與打掃房間的服務人員相符，可以剔除；其餘三種各屬於誰的，你幫忙確認一下。」

警部將紙條交給高野。高野看了一下便說：「照這樣看來，這些毛髮全都屬於女性，那可能性就只有藤森曜子、加奈江、一原紀代美、小林真穗。」接著他看著我說：「呃，可是也不能就這樣把本間夫人排除在外……」他趕緊補充說。

「調查我也無所謂，不過警方查到的都是黑髮吧？」

「謝謝。其實，您說的一點也沒錯，我這就去調查。」高野拿著紙條走向大廳。

「毛髮鑑定也看得出性別嗎？」我問矢崎警部。

「可以，連剪完頭髮過了幾天都知道。」

「這樣啊……」

「還可以推斷出大概的年紀，若是由經驗老到的鑑識人員判斷更是準確。」

「原來如此。」

難怪高野一開始就將我排除在外，因為那些頭髮之中大概都沒有六十到七十歲左右的毛髮吧！

「對了，警部先生，找我有事嗎？」

「對。」

警部抬起下半身，將椅子往前拉，調整了一下坐姿說：「有事想請教您。您懷疑由香小姐所愛的人是直之先生，這是真的嗎？」

令人意想不到的問題，讓我又吃驚、又疑惑。警部點點頭，接著說：「我們也是聽直之先生說的。他說你們兩個談過這個問題，直之先生表示當時雖然沒把話說開，不過不知道為什麼本間夫人好像知道由香小姐的心意？」

所以說，直之向警方坦白他與由香之間的事情了嗎？他為什麼會那麼爽快地承認呢？不，應該說，為什麼證詞會往這個方向發展呢？

「這是怎麼回事呢？」警部再問一次。

於是我透露了珍珠戒指與領帶夾之間的巧合，並從這裡觀察到兩人之間的關係。聽了我的話，警部大嘆：「真不愧是女性的敏感細膩，才可能觀察得如此入微。」

「請問，這跟兇案有什麼關係呢？和由香房間外發現健彥的指紋，又有什麼牽連嗎？」

這才應該是原本要偵訊的內容，不是嗎？

「因為有件事很奇怪，」警部一臉嚴肅地蓋上手裡的筆記說：「根據健彥先生的說法，他半夜聽到聲音，擔心由香的房間裡有人，所以特地跑去查看。」

「什麼聲音？」

「他說是有東西掉在榻榻米上的聲音。聲音不大，是碰巧那個時候健彥張開眼才聽見的，所以他當時並不以為意。可是某個原因又讓他介意得不得了，那就是直之先生的事。」

我不禁倒抽了一口氣。

「昨天，由香對健彥表明她喜歡直之，而且由香似乎很認真，還說願意為直之做任何事。一般男人聽到心上人這麼說都會覺悟死心，但健彥卻不放棄，他認為這只不過是阻礙兩人感情發展的事情罷了。偏偏直之和由香的房間很近，健彥就有點擔心半夜裡直之會潛入由香的房間。」

「是嗎？」我佯裝體諒健彥的心情，皺著臉回應。

「他半夜聽到聲音之後，坐立難安，決定走出房門看看。先到走廊，確認直之有沒有溜出來，然後再繞到庭院裡偷看由香的房間。他發現和式紙門稍微開著，湊上前瞄了一眼，發現並無異狀才放心地回房，而玻璃窗上的指紋就是那個時候印上去的。第二天早上發現屍體引發了騷動，他想到自己的指紋被發現的話根本無從解釋，就偷偷地跑去擦掉窗戶上的指紋。可是當時太心急，還是留下了一枚。」

「健彥說他半夜起來，是幾點？」

「他說大約三點。」

說到這裡，警部的眼睛炯炯發亮。他壓低著聲音繼續說：「如果這是真的，就成為破案的有力證詞。健彥聽到的聲音，應該就是兇手所發出來的。」

我懊悔不已，他聽到的一定就是那個聲音。我發現由香死了，驚訝地一屁股坐在榻榻米上。這麼說來，之後我聽到對面房間有人出來，難道也是健彥嗎？但我所聽到的確實是從直之房間發出來的聲音。

「健彥步出迴廊，又從迴廊繞到庭院，我們認為兇手利用這段時間從由香房裡逃走。也就是說當健彥察看由香房間時，由香已經被殺了，而紙門被打開就是這個原因。」

真是太危險了！要是晚一步出來，說不定就被健彥看到了。

「可是，我有個疑問。」我開口說。

「什麼疑問？」

「您說健彥先確認直之是否溜出房間，結果呢？」

「哦，那件事呀！結果很有意思。」接著，警部又笑逐顏開地說：「睡前，健彥在直之房門上動了點手腳。他用口水把一根頭髮黏在門上，要是門開關的話，頭髮一定會掉落，藉此可以檢查直之半夜是否溜出房間。雖然對健彥先生不好意思，但我當時忍不住笑了。想不到為了心愛的女人，他連這種事都做得出來。」

「那健彥察看之後怎樣了呢？」

「頭髮還留著。」警部笑笑地回答，然後說：「真是諷刺。健彥說的若是真話，託那根頭髮的福，直之得以免除嫌疑。那根頭髮就能證明由香被殺時，他並未離開房間。」

26

偵訊結束，我和矢崎警部一起步出辦公室。警部說他的胃不舒服，而我則六神無主。聽到警部剛才的話之後，我的思緒開始紊亂，無法思考。

殺害由香的不是直之。

昨晚他的房門完全沒開過，證據確鑿。

這麼一來，一切都得回到原點，直之和殉情案沒有任何關連。

不，殉情案的兇手還是直之，而殺由香的另有其人？

不可能，我又否定自己的看法。這次的兇手，一定是為了搶奪桐生枝梨子的遺書而殺了由香。非奪遺書不可的人，一定就是自殺案的兇手。

那個人也就是我要復仇的對象。

但卻不是直之。

這樣一來便無法說明由香為何要偷遺書了。難道她想保護的另有其人？

回想健彥的話，由香說為了直之她什麼都願意，所以從這一連串發生的事情看來，由香可能認為直之是自殺案的兇手。

然而事實上並非如此。那為什麼她會認為直之是兇手呢？

回到大廳，高野刑警面色凝重地站在大夥面前，當場只有健彥和紀代美不在。

「警部，關於毛髮鑑定……」

「如何？」

「證據顯示，其中兩種毛髮屬於藤森加奈江和小林真穗，血型和毛髮長度都相符，但為謹慎起見還必須再做一次鑑定。」

「嗯，那還有一種呢？」

「另一種……找不出相符的對象。」

高野取出紙條，唸道：「性別為女性，血型ＡＢ型，年齡在二十多歲到三十多歲之間，短髮，跡象顯示最近剛剪過髮——沒有人與此相符。為慎重起見，我們還特別問過了健彥和紀代美，兩個人的血型都不符。」

「什麼……」矢崎警部一時語塞，從高野手裡奪過紙條，然後對大家說：「有誰是ＡＢ型？」

「我，」蒼介說：「而且我最近理過髮。」

可是他並非女性，也不是二十多歲或三十多歲。

「再做一次鑑定，確認一下性別和年齡是否正確。」

高野刑警飛奔出大廳。我盡量壓抑自己的表情，不可以有任何驚動。那有問題的毛髮，是我的頭髮，我真正的頭髮。

「你也用不著擺張臭臉吧？」直之對警部說：「毛髮相符的人不在這裡面，就表示有外人人侵由香的房間。」

「如果這裡真的沒有人符合，就的確是外來的人了。」

警部點頭，勉強附和。他大概覺得兇案是內部人士所為的可能性很高吧！

「女人啊！」曜子骨碌碌地轉著黑眼珠說：「可沒那麼單純。」

「就是啊！又沒人能保證世界上不會有女人做強盜。新聞不是也偶爾看得到有美女搶劫嗎？先色誘男人，騙他喝下安眠藥，然後洗劫金錢。」蒼介輕佻地說。

由於目前證據指向兇手可能來自於外部，一原家之間沉重的氣氛終於得以舒緩，只有警部仍一臉的苦澀。

「那個毛髮不見得就是兇手的。」警部在緩和的空氣裡潑了一盆冷水：「可能是以前的客人留下來的。」

「不，不可能。」小林真穗難得開口了。「我們一直打掃得很乾淨，絕不可能有這種事。」

「可是……」警部住口了。他知道真穗這麼說是有職責在身，於是趕緊打圓場說：「嗯，鑑定結果不一定每次都正確。」

高野刑警回來了，他一臉為難地對警部說：「那多餘的毛髮，他們說性別和年齡的判斷正確率都很高。」

矢崎警部很明顯面有難色，其他人則是一副既勝利又高興的表情。

「先失陪一下。」警部帶高野走了出去，或許是去交代其他部屬展開旅館周邊的偵訊。這樣一來，偵查應該不會再鎖定兇手是內部人員了吧？

「兇手是女人，」蒼介和曜子口徑一致，「所以由香才沒有被強暴，因為兇手的目標是錢。想不到這裡也有搶匪出沒，看來這一帶的環境也沒那麼好。」

「要是健彥聽到聲音的時候，早點出去看看就好了。」

加奈江說完，大概以為我不知道，便對我說明：「半夜三點左右，他聽到由香姊的房間有聲音，特地出去從窗戶看看，他的指紋就是那時印上去的。」我想這大概也是蒼介聽完兒子的說明，將兒子的話簡略後向大家解釋的版本。至於由香的心思，還有健彥如何監視直之，應該都隻字未提。

「今晚要特別留神啊！門窗要關好。」曜子說。

「我不認為搶匪還會來，不用太緊張。」蒼介對妹妹的言論稍微緩頰，轉身對小林真穗說：「我有點口渴，有咖啡嗎？」

「有的。」

「這怎麼行？」

「不用忙，我來就好。」加奈江起身說道：「女主人從今早就忙個不停，請休息一下。」

「沒關係，我來就好。」

看著加奈江迅速走向廚房，真穗從後面追趕。

「怎麼回事？加奈江好像突然變乖了。」曜子故意誇獎著讓女兒聽到。

「大概由香不在了，突然有了責任感吧！」

對直之的話，大家頗表贊同地點頭。

不久，加奈江端著放有咖啡杯的托盤進來，真穗則拿著點心。

「大家都誇妳呢！說妳真乖巧。」蒼介調侃著加奈江。

這時，她反而自吹自捧說：「這種事我本來就會做的，好歹我也是女人嘛！」

「不錯啊！那妳還在學茶道和插花嗎？」

「她早就不學茶道了。」曜子皺著眉回答。

「才不是不學呢！只是休息一下罷了。」將咖啡端給每個人後，加奈江嘟著嘴。

「講到茶道，本間夫人好像一直都在教學。」直之突然多話起來。

我曖昧地應了一聲，希望這個話題別拖得太長。

「裡派的嗎？」曜子問。

她問的是日本茶道的派別裡千家的意思。我稍微猶豫了一下，本間夫人是哪一派的呢？沒人知道的話，隨便答一個應該沒什麼關係吧……

「表千家吧！一定是。」這時，直之幫我回答了，他繼續說：「我聽大哥說過，本間先生的夫人曾經教授過表千家茶道。」

多管閒事的男人！

還好我剛才裝傻沒回答，我點點頭說：「對，沒錯，是表派。」

「表派和裡派，泡茶的方式不一樣嗎？」沒看出我的心情，加奈江繼續提問。

還好曜子替我解套道：「唉呀！妳連這個都不知道嗎？」

「那媽媽，妳知道囉？」

「當然，」曜子啜了口咖啡說：「裡千家強調茶泡要打得漂亮，表千家是完全不起茶泡的，是吧？」

霎時，我差點腦充血。這我真的不知道。我突然想到中午時和矢崎警部聊起茶道的事，我好像跟他說，要打出漂亮的茶泡很難。

「錯了嗎？」看我不吭聲，曜子不安地問。

「沒錯，妳說得對。」

我全身冒汗，一陣寒意襲向我的背脊。

「啊呀！矢崎先生，怎麼樣了？」

我被蒼介的聲音嚇得抬起頭來。矢崎剛好走了進來。他什麼時候到門口的？他聽到我們剛才的談話了嗎？

我和他一度四目相接。他看我的眼神，很明顯地與以往大不相同，目光變得銳利起來。

27

警部表示他要先回搜查總部一趟，員警會在附近巡邏警戒，請大家安心休息。但我想他的本意應該是要叫大家別到處亂跑，乖乖待在房裡才對。

警部走了以後，我驚覺大事不妙，但已無法挽回。他應該聽到剛才茶道的事情了。他如果真的聽到了，那他一定會發覺我的話前後矛盾。

大夥紛紛走回自己房間，我也只好站起身。這時候，直之往我走來。他的表情似乎有些過意不去，瞇著眼說：「之前本間夫人問時，我沒清楚告訴您由香的事，給您添麻煩了，真抱歉。」

「沒的事，哪有什麼麻煩。」

直之坐在旁邊的沙發上，我只好又坐下。

「本間夫人為什麼知道由香的心事呢？」直之一臉不可思議的表情。

我告訴他珍珠飾品的事後，他便一臉苦笑地說：「原來如此，女人的觀察力就是不同呀！還好是本間夫人注意到的，若是其他人就糟糕了。」

「不用擔心，我不會說出去的。」

「拜託您了。」

直之表情嚴肅，閉著眼，似乎在考慮該如何解釋。接著他張開眼睛，開始對我坦白：「她對我訴說心意大約是在半年前。對了，就在殉情案發生前。她說有事找我商量，我們就約了見面。她找我談的是關於健彥的事，她說雖然大家都覺得他們兩個是一對，其實她一點意思都沒有，要我轉達給健彥。我說這種事最好自己直接說，免得傷害對方，但她不肯，說不知該如何開口，問我該怎麼辦……」

「她說喜歡直之先生——對嗎？」

「差不多是了。」直之嘆了口氣。

「真可愛。」

「一開始我以為是開玩笑，後來發現她好像是認真的。老實說，我聽了很害怕，我對她從來就沒有非分之想的。」

「我想也是。」

「我勸她這種心情只是一時的，過一段時間想法會改變，可是她聽不進去，最後竟然說不結婚沒關係……」

原來外表看起來斯文保守的由香，內心可能熱情澎湃，而看似豪放大膽的加奈江，反而可能保守。

「然後呢？」

「沒有然後，」一直之聳聳肩說：「我心想少跟她見面就好了。只要不見面，就什麼都不會發生。」

「可是，由香卻不放棄，對嗎？」

「沒錯，她常打電話來。我也不是很討厭她，她說想見我，我不能老是拒絕。坦白說，跟她一起還滿愉快的。」

「可是，請您務必相信，我和她之間絕無男女關係。」

我體諒地點點頭。由香的自尊心強，如果感受到被人嫌棄，一定會掉頭而去。

「我相信。」我說：「領帶夾就是她送的吧？」

「那是昨天到這裡之後她給我的，說她也有一只用這個珍珠做的戒指，要我用這個領帶夾。本來我是不想要的，但怕推來推去被人看見更不好，才勉強收下。」

「留著可以懷念她呀！」

「是啊！想不到會變成這樣，真諷刺。」

直之想笑，看起來卻只是皮笑肉不笑。

「話說回來，」我語氣一沉，「由香偷遺書這件事，直之先生怎麼想？」

他愣了一下，往後退一步，咬著下唇很煩惱地抬頭望著天花板，再深呼吸後說：「本間夫人，」他有些躊躇地說：「您有什麼想法嗎？」

「也不是什麼想法……」我佯裝彆扭地說：「你可別生氣唷！這只是我瞎猜的。老實說，我認為由香是為了保護直之先生才去偷遺書的。」

我等著看他的反應。但意外的是，他出奇地平靜，嘴角只微微牽動了一下，毫無表情地開始點頭：「原來，本間夫人也這麼認為，但其實我也這麼想。或許她以為那起自殺案是我幹的，對吧？」

「你也這麼想啊……」

我真是嚇了一跳。然而看著直之清澈明亮的兩眼，他並不像在說謊。

「證據是她向紀代美要安眠藥。昨晚我喝了她的酒後，突然意識模糊，睡到第二天早上。我想大概是我被下藥了，還奇怪她為什麼要這樣……」直之說。

「嗯，我了解。」我點點頭。「可是你沒跟警方說。」

「我想最好還是別說出來。」直之一臉苦澀。大概是體貼由香，但也怕說出來後，更證實了警方認為兇手是內部人員的可能性。

「我真不懂。她為什麼認為我是兇手？」說完，他想起什麼似地望著我，「真的，關於那起殉情案我什麼都不知道，我對天發誓。由香被殺的事，我也什麼都不知道。」

「好，我知道。」我在胸前揮了揮手。「昨晚你未踏出房門一步，健彥已經幫你證實了。」

「那個呀！」直之露出為難又害臊的表情。「還好有健彥那麼鑽牛角尖。這樣說或許聽起來很奇怪，不過多虧他這麼做，才幫了我一個大忙。」

「你沒跟由香聊過那起殉情案嗎？」

「沒特別聊過。昨天為止，我都相信那起殉情案和我們沒直接關係。我想她也這麼認為……」說完，直之望著遠方，像是在回想著什麼，但突然又恍然大悟地開口說：「殉情案發生過後，有一次她說過很奇怪的話。她問火災之前我去哪裡——對，她就是這麼問。我說哪裡都沒去，在房裡睡覺，她歪著頭似乎不相信的樣子。」

「由香為什麼這麼問？」

「我也不知道，大概聽到了什麼風聲吧？那個問題也或許有什麼特別的含意。」直之若有所思地望向遠方，似乎企圖尋找答案，但下一刻他又看看手錶，全身疲憊地說：「啊，糟糕，已經這麼晚了。對不起，耽誤您了，剩下的我在房裡好好想想，反正現在想也想不出個所以然來。」

他站了起來，我也跟著起身。

「直之先生，你現在還認為殺害由香的兇手是外面的人嗎？」

「當然，」他果斷地說：「由香的所作所為也許並不單純，但我相信，兇手一定不是我們家族的人。」

我也這麼希望，這是真心話。但我默不作聲。

我們兩人並肩走在長廊裡，但剛通過「荷」棟時，直之突然說：「您的腳力真好。」

「咦？」

「其實經常有長者嫌這個迴廊太長，不太方便，但是看本間夫人走起來一點都不累的樣子，況且您住的又是『居之壹』，最遠的一間。」

「哪兒的話，不會啊！」我停下腳步，捶了捶右腰，「老實說腰有點痛，今晚得按摩按摩了。」

「我替大哥高顯向您致歉。」

我們再度往前走，直之開始談起高顯先生蓋迴廊亭的往事。當時他才大學畢業，看著偉大的大哥要在深山裡興建一家奇怪的旅館，只能說百思不得其解。幾年之後才知道，當時的設計理念，是盡可能保留大自然的原始環境，不做任何破壞。

抵達「葉」棟了。我也捲入這起麻煩，直之再度向我道歉。

「請不要放在心上。」

「對不起，明天一定會解決的。我想，兇手可能還在附近。日本警察都很優秀，明天，我想一定會抓到兇手的。」

「對，明天一定可以。」

「那麼，晚安了。」

「晚安。」

道別後，直之消失在門的另一端。

28

直之進房以後，我駐足停留了一會兒，然後我回過頭，後面就是由香的房間。她為什麼會認為直之是自殺案的兇手呢？雖然是誤會一場，但她一定有某種根據才會這麼想的。

究竟，她是從什麼時候開始這麼想的？

直之的話，我發覺語帶玄機。由香是這麼說的：火災前，你去哪裡……

她為什麼這麼問？誤會的關鍵在哪裡？

我想起和由香討論殉情案的情形。我們是吃飯時和飯後，在大廳喝茶聊天時談起的，當時的談話內容也許可以給我一些提示。

想起加奈江和由香之間的口角，我無意間讀出了些許跡象。

當時我問她們：「起火前有沒有聽到什麼聲音？」先回答的是健彥，他說就算「居之壹」房裡有聲音，也沒什麼人聽得到。接著加奈江反駁，說聲音不見得是從「居之壹」傳出來的，如果縱火的兇手是內部人士，或許有人會聽到兇手進出自己房間的聲音。

說到這兒，由香突然一反常態地用嚴厲的口吻斥責說：「那種聲音根本不能證明些什麼……」

越想越覺得奇怪，什麼證明不證明的？加奈江根本沒說什麼呀！只說或許有人聽到了聲音。

那種聲音，難道會是……

我懂了，這樣就說得通了。

她在殉情案發生當晚聽見直之房裡有聲音。那時加奈江說的也是這件事嗎？她說：「由香很早就跑出房間了。我飛奔出去時，看到她已經往大廳的方向跑。」

在騷動之前，由香是醒著的，所以才能聽得到那一點點的聲響，也才會在火災之後，佯裝若無其事地問直之，他起火前去了哪裡……

雖然火災已經發生了好一陣子，但由香依然記得那件事。碰巧昨晚有人提到自殺案可能是被設局的，所以由香又想起來，才會認為或許直之就是兇手。不，她可能也不確定，不過為了以防萬一，才會動手偷遺書，她應該是想看看裡面的內容。

結果由香的推理錯了，其實兇手另有其人。兇手一定是目擊由香把遺書偷了出來。真可憐，由香竟然死於自己的誤解。

可是，為什麼會產生這種誤解呢？

我想起一件事，於是回頭敲加奈江的房門。她看到我吃驚地「啊？」了一聲。

「想請教一下……不是什麼大事。」

「什麼事？」

「現在健彥住的『葉之貳』，自殺案當晚是誰住的呢？」

雖然是個奇怪的問題，但還好加奈江並未起疑。她想了一下，兩手一拍說：「哦，對，當時沒人住。嗯，對，是空房。」

「空房……」

「是。住『葉』棟的應該只有由香姊和直之舅舅。請問，有什麼事嗎？」

「哦，沒事。抱歉，問了這麼奇怪的問題。」我含糊地蒙混過去，道了聲晚安隨即離去。

我的腦子又變得一片渾沌。

我想起昨晚的經歷。原以為是直之的房間門開了，結果卻是健彥房門的聲音。這麼說來，自殺案當晚可能也一樣。

可是，加奈江卻說當天晚上那間沒住人。

從這點可以猜測，難怪由香會懷疑直之。「葉」棟除了自己以外，只有直之住，要是有任何聲音，一定會認為是他在進進出出。

我回到自己的房間重新思考。看來由香聽到聲音的這種假設，應該不會錯，否則無法解釋她為什麼會懷疑直之。當時一定有人進出「葉之貳」。

縱火之後，兇手躲在「葉之貳」房裡。那個人為什麼不躲回自己的房間，卻躲在別的房間呢？這麼做一定有理由。

我側身躺下，舉起右手在空中畫個「И」。由香的臨終留言，這個謎務必要解開。

N、S、VI的感覺都不對。這時，我腦海裡突然浮現一個想法：或許這個字還沒寫完，由香可能寫到一半就斷氣了。

比如說「W」這個字。其他還有嗎？

我翻了個身，像當時由香那樣趴著，同時用左手寫寫看。

霎時，我忍不住倒吸了一口氣。

我想到一個可能性。

不是N，不是S，也不是W。我想到別的英文字母，而那個英文字母開頭的人，在相關者當中只有一位。

我搖了搖頭。會是那個人嗎？不，不可能，但也不是完全不可能。

如果那個人真的是兇手呢？那幾個問題不就迎刃而解了嗎？至少可以解釋為什麼兇手在行兇之後，必須躲進「葉之貳」裡去。

我伸出手指，在空中畫著迴廊亭的鳥瞰圖。為什麼要使用「葉之貳」？

當我畫到水池時，手指不禁停住。我一愣一愣地坐起身。

對呀！原來如此。

我驚訝得腦中變得一片空白，然後慢慢地出現了一些鮮明的畫面。

29

今晚，連大浴池裡的熱水似乎也沒有加熱。平常應該熱氣騰騰的浴室裡，流進了寒冷的空氣。我隨即關上玻璃窗。

用手電筒照了一下手錶，再三分鐘就凌晨兩點了。

我是十二點前打的電話，通知對方有重要的事情想談談，希望半夜兩點在女子浴池碰面。這是我的孤注一擲，如果對方不是兇手，一定會起疑找警方商量，否則警方也可能會監聽所有電話。不論何者，矢崎警部都會命令屬下埋伏，把我抓起來問話。這樣，一切的計畫就泡湯了。

可是，風險再高我都沒理由不賭。矢崎警部已經開始懷疑我了，一旦他開始調查本間菊代夫人，立即會看穿我這個冒牌貨。時間不多了。

接下來是如何讓賭注順利進行。很顯然，現階段刑警尚未展開部署，不過現在安心或許還太早，但我逐漸相信自己的推理是對的。

問題是敵人到底會不會來？

我相信那個人一定會來。是兇手的話，就一定會來。

再看一次手錶，凌晨兩點零一分。

這時，入口大門的鎖「喀啦」一聲。我看著門把旋轉，接著門慢慢地往外打開了。

「本間夫人？」對方小聲地說。

沒錯，這就是敵人的聲音。

「我在這裡。」

大概是太暗了，對方沒看見我而只聽見聲音，身影驚訝地抖了一下。接著那個人進來後關上門。我把手電筒照在地上，對方的身影隨即在黑暗當中浮現。

「請問，有什麼事嗎？」對方問道，眼神充滿警戒。

對方大概也想和我拚個你死我活吧？所以得先讓對方卸下心防。

「我有事想拜託妳。」

「……什麼事？」

「老實說，」我舔了舔嘴唇，「我想勸兇手去自首。」

對方有點吃驚，沒有回答我的問題，只是把兩眼睜得好大。

「我知道兇手是誰，」我繼續說：「我想，要是妳去勸那個人的話，她一定會聽的，所以才來拜託妳。」

「……到底，您認為是誰呢？」

「這個嘛！」我擺出猶豫不決的樣子，然後看著她說：「除了藤森曜子之外，沒有別人。」

對方完全愣住了。一陣緘默之後，她搖搖頭說：「不會吧！您為什麼這麼說？」

「請過來。」說完，我把腳伸進浴池。我的腳底像觸到冰般冷冽，只是現在顧不了這些了。對方也靜靜地跟過來。

「傍晚，我偶然發現的。妳看看，掉在浴池裡面的是什麼。」

我站在浴池旁邊，指著冰冷的水。對方也向前一步。

「哪裡？」

「妳看，那邊，左邊下面。」

我把手電筒照著下面，對方身體再向前傾。

我把握住時機，偷偷拿出預藏的剉冰刀，猛然從對方背上刺進去。她發出悶悶的叫聲，身體向後仰。我拔出剉冰刀，用力推了她一把。對方跌進浴槽裡，水花四濺。

她企圖爬上來，我又從上面把她壓下去，動作敏捷得一點也不像個老太婆，使她又驚訝又疑惑。我高高舉起剉冰刀，進行第二次攻擊，這次直接刺進胸部。對方慘叫了一聲，但還不至於被外面聽見。她的血從傷口溢出，蔓延到整個浴池。

「為什麼……」一邊在血泊中掙扎，小林真穗一邊問。

起火之前，躲在「葉之貳」的人是誰？

一原家族的人應該都在自己的房間裡，剩下的只有小林真穗，但為什麼她要躲在「葉之貳」房裡呢？

為了縮短逃出的路徑。

她在「居之壹」縱火之後，必須迅速地回到自己的房間。但迴廊很長，半路上不知會撞見誰，而且還有水池，到「葉」棟非走迴廊不可。

問題還在後頭。

真穗要回到自己的房間，一定要從「葉」棟再經過「荷」棟和本館，她一定覺得這樣太危險也太花時間，所以選擇直接穿過庭院小徑。

她先進入「葉之貳」，打開窗戶跳進庭院，然後沿著水池跑，回到員工宿舍。根據加奈江的證詞，她逃出去時正巧與真穗擦身而過，當時真穗也許要跑回去鎖上「葉之貳」房間的窗戶吧？

讓我想到這個推理的，是由香的臨終留言。當我趴在榻榻米上，跟由香死前的姿勢一模一樣時，才發現了「И」的真面目。面朝下趴著，用左手寫字，與平常的姿勢相反，從右邊往左邊反而比較好寫。由香臨死前要寫的字，不是W也不是N。而是「M」這個字。MAHO（真穗）的M。

兇手就是真穗。

想燒死我和里中二郎的就是她。

我從手電筒的光線，清楚地看到真穗臉上逐漸失去血色。浴池裡的水已全染成了紅色。

「妳大概不知道我為什麼要殺妳吧？如果妳知道我是誰，就會明白了。」說完，我把臉逼近她。

「我不……知道。妳……是誰？」真穗喘息著問道。

「是嗎？妳果然不知道，是我變裝得太逼真了。雖然我想讓妳看我的真面目，但目前還不行，就給妳看這個吧！」

我把睡衣的帶子解開，對著真穗露出整個背。她應該看得出那醜陋的燙傷疤痕。

過了幾秒她才恍然大悟，歪著那張土黃色的臉，有氣無力地說：「不……會吧？妳應該……死了……才對……」

「就像妳現在看到的，可惜我還活著，只是燒傷的皮膚永遠無法復原。」

真穗露出不可置信的眼神。

「我費了好一番苦心才確定是妳，還是因為由香的死提醒了我。請告訴我妳是怎麼殺了她的？妳看到她偷偷進了我的房間吧？」

真穗痛苦地點點頭，接著像金魚般嘴巴一開一闔地說：「我看到她……偷萬用鑰匙，又看到她進妳房間，才埋伏……在她的房間。」

她大概以為坦白招供我會饒她一命，所以拚命解釋。我弄清楚了，由香一進房間就遭到攻擊，之後真穗將她放回棉被裡，讓她看起來像是睡著時遭受攻擊一樣。當時由香並未斷氣，於是真穗出去之後，她用盡最後的力氣，留下臨終訊息。
「原來如此，我懂了。」
我想進一步質問有關殉情案的事，可是看真穗的樣子，大概也撐不了多久了。她全身虛脫，用求助的眼神望著我。
「我讓妳舒服點。」我把手伸進浴池，從她的胸前拔出剉冰刀。她又呻吟了一聲，兩眼往外凸。
接著我又以迅雷不及掩耳的速度往她胸前刺一刀。她全身抖了一下，痙攣後整個人癱軟下去。
我不罷手，抓起她頭髮前後用力搖晃。她還沒死，眼簾微微張開。
「妳還有話要說嗎？」
不知她是否聽見我說的話，然而真穗最後說的那句話是……
「不……只……我……一個……」
我再搖一次，沒有反應了。她兩眼空洞地望著空中。
我放開她的頭髮站起身。
回到更衣室後，我拿起掉落在一旁的毛巾擦拭剉冰刀，再丟進垃圾桶裡。
穿好衣服，小心地打開入口大門。走廊沒人。
穿上拖鞋後，我小跑步走向迴廊。要是有人看見我，到時候再另作打算吧！

幸好沒人發現，我安全地回到房間。兩膝跪下的我強忍住要大叫的衝動，向神祈禱一般，我把雙手十指交叉於胸前。

成功了，終於成功了！

我的復仇計畫完成了一半。

小林真穗最後的一句話，在我耳邊迴響。不只我一個……我知道她接下來要說什麼。殺了我也不代表一切就此結束。她大概是要說這句話吧！

我當然知道，小林真穗不過是幫兇而已。

明天，等我殺了我最痛恨的人之後，我的復仇計畫才算大功告成。

30

天剛破曉，淒厲的叫聲便響徹整個迴廊亭。我心想，終於發現了吧？我迅速穿好衣服走出房間，看到蒼介他們在迴廊亭上奔跑。

「請勿靠近，也不要擅自行動！」

我跟在大夥後面走到浴池，聽到矢崎警部怒吼的聲音，刑警們也殺氣騰騰的。

我一看，加奈江蹲坐在走廊上，曜子抱著她。加奈江滿臉涕泗縱橫，她坐的地方一片濡濕，應該是嚇得尿失禁了。

「加奈江小姐，」警部毫不客氣地劈頭就問：「妳為什麼這麼早跑到浴室來？」

「我、我什麼都不知道。我醒了，就過來這裡，然後、然後就……」

她別過身子緊緊地抱著母親放聲大哭。一般來說，警方應該會等到她心情穩定下來再說，但警部也許判斷現在狀況刻不容緩，便抓著加奈江的肩膀逼問：「說清楚，妳為什麼到這裡來？」

「我就說了嘛！我不知道怎麼就醒了，滿身是汗，就想來泡泡溫泉。」

「這種時候泡嗎？都已經發生命案了，妳還有閒情逸致一大早泡湯嗎？」

警部無法理解加奈江的精神狀態，歇斯底里地吼叫著。

「你可以不要這樣大吼大叫嗎？我女兒住這裡的時候每天早上都泡湯，不行嗎？」曜子護著孩子，將加奈江的頭抱在胸前。

「要洗澡可以在房間裡洗，大浴池昨天就不提供熱水了。」

「人家不知道啊！就不知道嘛！」

「她不是說不知道了嗎？這裡一直都是二十四小時有熱水的呀！有必要因為她今天早上想泡湯就把人罵成這樣嗎？要不是我女兒過來，你們可能那麼早發現屍體嗎？」曜子的語氣激動，似乎對警方的無能感到憤怒與厭惡。

心裡有數的矢崎警部，一臉不悅地對我們說：「大家到大廳集合，請務必配合，不要到別的地方去。」

我們往大廳走。這時，古木律師和黟澤弘美也許聽見騷動了，也出現在另一頭。
「聽說女主人被殺了。」古木律師平淡從容的語調與現場緊張的氣氛形成強烈對比。
「對不起，請你們離開。」警部歇斯底里地說：「這與你們無關。」
對於警方極其強勢的態度，老律師嚇得瞪大眼睛、閉上嘴。
「聽說案發現場在大浴池，是真的嗎？」黟澤弘美率先提問，其中一位刑警點頭，弘美便默默地走向迴廊。
警部目送他的背影離去後，轉身看著我們說：「知道關於本案線索，或昨晚聽到聲音、看到什麼的人請說出來，不管多小的事都可以。」
他說得很快，很明顯地露出破案的焦慮。已進入搜查的兇案現場再度發生兇案，這就是警方的疏失。
無人發言。應該是沒有什麼可說的，大夥很明顯都變得畏畏縮縮的。就算沒有確切的證據，大家似乎也開始覺得嫌疑犯就在自己人當中。
一位年輕刑警在矢崎警部耳邊小聲說了幾句，警部點了點頭，用更嚴肅的表情看了看大家後說：「凶器是剉冰刀。」他的語氣堅決，「當然，刀子是這旅館廚房裡的東西。有人知道線索嗎？」
「昨天，真穗小姐使用過。」紀代美一臉蒼白地說：「我想冰敷，向她要冰塊，當時她用剉冰刀幫我把冰塊敲碎。」

「然後，小林小姐把剉冰刀放在哪裡？」

「嗯……我想就放在廚房的桌上。」

「當時廚房裡還有誰在？」

紀代美邊發抖、邊搖著頭說：「沒有。」

「有其他人看過這把剉冰刀嗎？」警部的語氣聽起來已經發怒了，但仍沒人回答。有答案的就剩下我了。昨晚深夜我溜進廚房，把桌上的剉冰刀藏在懷裡。只要能當作凶器，什麼東西都行。

「去廚房採指紋。」命令屬下後，警部把兩手背在後面，像監視囚犯似地走來走去，眼裡透著怒意。他大概在想，要如何才能在如此小的範圍裡找出兇手？

「從廚房裡的剉冰刀看來，兇手八成就是投宿旅客的其中之一。」

他惡狠狠地死瞪著我們，簡直就到了變態的境界。

直之反駁道：「把剉冰刀拿出去的，可能是真穗小姐自己。」

「哦？為什麼？」警部挑釁地問。

「聽到浴池裡有聲音，真穗去察看，但因為不放心，正巧看到剉冰刀，就順手塞進懷裡。結果歹徒躲在浴池內，搶走真穗小姐手上的剉冰刀殺了她——這不是很有可能嗎？」

「這麼說來，歹徒沒帶凶器囉？」

「這我不知道，不過用旅館裡的東西比較不會留下線索吧！」

「嗯，原來如此。」警部點頭，但眼神卻絲毫不表同意。果然，他又說：「那請問各位，歹徒是如何進來的？剛才我們調查過了，所有的出入口都是鎖住的，如果真有外來的人，就是經由各位的房間進來的。再怎麼遲鈍的人，都不會不知道房裡有人入侵吧？」

「你太沒禮貌了吧！這是在說我們遲鈍嗎？」蒼介變臉了。

矢崎並不道歉。「所以，兇手就更不可能是從外面入侵的了。再說，昨晚這旅館周邊一直都有員警守衛著。」

警部的話一針見血，大夥沉默不語。望了望所有嫌疑犯，警部故意說：「看來，你們應該都同意了吧？」

「請問，」直之又反駁，「殺害由香的兇手和這次的兇手是同一人嗎？」

「很有可能。要說我個人的見解，我認為一定是同一人。」警部果斷地說。

「這樣的話，那毛髮鑑定怎麼說？你們不是在由香的房裡，找到相關人士以外的毛髮了嗎？」

「關於那項鑑定，現在正在做另外的追加調查，目前還沒有定論。」

「是嗎……」

唯一的依據被屏除，直之不甘心地直咬著唇。警部掠過他的視線，看著其他人說：「第一件兇案，其實還有另一個證據顯示是內部人士所為。昨天也跟各位提過，我們在池畔發現疑似歹徒的腳印，不過奇怪的是，那個腳印沒有鞋印，但就算再怎麼不清楚，也不可能完全沒有鞋印。

根據剛剛出爐的鑑識結果，那是穿著襪子的腳印。不知道各位有什麼看法？從外面入侵的歹徒，可能不穿鞋逃跑嗎？」

其實我早就知道這一點遲早會露出馬腳。當警方發現了腳印之後，我就已經有所覺悟。

「就算是內部的人，穿著襪子跑也很奇怪啊！」曜子反駁。但警部彷彿早就預料到有此一問，自信滿滿地回應：「就因為是內部人士，才會發生這種情形。兇手一開始是從迴廊溜進由香的房間，也打算行兇後走迴廊回去，可是沒想到碰上干擾，沒法從正門出去。所謂的干擾，就是健彥先生。」

突然被叫到名字，健彥差點從椅子上跳了起來。警部繼續說：「健彥聽到由香房間有可疑的聲音，走出房間察看。當時，裡面的兇手也注意到了。不想被健彥逮到，就得從玻璃窗跳到庭院去，所以才會留下沒穿鞋的腳印。如何？內部人士行兇的過程應該很清楚了吧？」

不但清楚，幾乎等於事實。唯一不對的是，我溜進去時由香已經死了。

話說回來，還真是很厲害的推理。眾人啞口無言，警部則抽動了一下鼻子。

「其他的就用消去法，」他繼續說：「那個腳印在水池的另一邊也有一個，這麼說來，兇手從由香房間回到自己的房間，非越過水池不可。」

警部大步走向直之。「由香房間對面的直之，和隔壁房的健彥，以及『荷』棟的加奈江都可消去。只有這三人回到房間不須經過水池。」

聞言，直之的表情反而更加痛苦，健彥和加奈江則一臉茫然。

「你的意思是兇手在其他的四個人當中吧？」其中包括自己，蒼介臉冒青筋、嘴唇顫抖。

「以腳印來看，就是這個意思。」矢崎警部淡然地說。

「等一下，」冷眼旁觀事情演變的紀代美，挑起眉說：「兩起兇案的兇手如果是同一人的話，可以把我消去了吧？沒有母親會殺自己女兒的。」

聽到紀代美這麼說，在一旁的曜子瞪著二嫂，蒼介也拉長了臉。當下的空氣再度凝結。

「以心理層面而言是這樣沒錯，」警部平淡地說：「我也沒有懷疑妳，現在只是針對物證進行討論，請見諒。」

「我不了解，」曜子悻悻然地說：「你說兩起兇案是同一人所為，有什麼根據嗎？剛剛你沒解釋原因吧？」

警部有點意外地問：「需要解釋嗎？」

「需要。」曜子回答。

警部望著天花板，無可奈何地搖搖頭說：「那麼短的時間裡發生了連續兇殺案，怎麼看兇手都像是內部的人。如果兇手不是同一人，你們家族簡直就是個殺人集團嘛！」

確定是內部行兇的警部，已經不想再對一原家族客氣了，直接把大夥都視為嫌犯還來得乾脆多了。

「確實很奇怪，但也不能說絕對不可能。因為發生了第一起兇案，於是影響了另一位兇手，引發了第二起兇案。」曜子說。

警部一臉嚴肅地癟著嘴，問道：「那為何會引發這種連鎖效應呢？我倒想請教、請教。」

「譬如說……對了，真穗殺了由香，所以被尋仇。」

「喂！曜子，」知道自己被影射，紀代美站起來說：「妳是說我殺了真穗嗎？話可不要亂講啊妳！」

曜子看也不看她一眼便繼續說：「我不是說『譬如』嗎？」

「妳這話到底是什麼意思？」紀代美想要去抓曜子，卻被後面的直之拉住。

「冷靜一點。」直之說。

「你說我怎麼冷靜得下來？女兒被殺了，還被人說成這樣。哦，我知道了，妳才是兇手，人是妳殺的吧？」

因為肩肘被抓住，紀代美索性用穿著拖鞋的腳去踢曜子，結果拖鞋飛了出去，打中曜子的腳踝。

「為什麼我要做那種事？」曜子也站了起來。

「還不都是為了錢。為了錢，妳有什麼事做不出來嗎？」

「妳說什麼？」

紀代美的話惹得曜子也要出手了，這次換蒼介上前阻攔。

「把一原紀代美帶到房間裡去，嚴加看守。」矢崎警部命令著年輕刑警。

紀代美吵吵鬧鬧地離開了大廳後，現場又恢復了靜默。

「莫名其妙！」警部極不耐煩地拍了一下桌子，然後看著我們說：「小林真穗一定跟第一次兇案有某種關連，但她不太可能是兇手，由剛才說的腳印看來是如此。要回到本館的員工宿舍，不需跳過水池。」

看來警部還是對腳印耿耿於懷，因此他繼續說：「不過，兩次兇案是同一人所為，這個說法可以暫時保留。總之，殺害由香的兇手，包括母親紀代美在內，有四個人有嫌疑。」

「我不是兇手。」曜子喊著。

「我也不是兇手。」蒼介也附和。

「妳呢？」警部看著我說：「妳有什麼話想說的嗎？」

「真無聊，」直之在一旁說：「矢崎先生，你好像很喜歡按邏輯思考推理不是嗎？要跳過水池的話，本間夫人根本不可能辦得到。」

這句話矢崎警部自己也說過。如今，警部當時的沉穩已不復見，改以科學家冷冽孤傲的眼神看著我。

「對，沒錯，」他說：「以一般常識來說的話，的確如此。」

毫無疑問的，他已經開始懷疑我的真實身分，不過應該還沒看出我是年輕女人變裝的，只是考慮要重新調查本間菊代這個人。

「我說，」蒼介太陽穴冒出青筋，壓抑著內心的起伏說道：「警部先生，你現在說的都不能算是決定性的證據嘛！就連腳印也是，只是懷疑是兇手留下的，不能百分之百肯定。就算是兇手留下的，也可能是企圖誤導他人而故意造假的痕跡。」蒼介突然滔滔不絕，說完還頻頻點頭，大概是覺得自己說得很好吧！

「故意造假……」警部重複了一次這句話，開始來回踱步。然後，他停下腳步問蒼介：「那為什麼要製造沒穿鞋的腳印呢？故意造假的話，應該要設計成外人入侵的樣子呀！」

「這……我怎麼會知道啊？」蒼介別過臉去說：「兇手一定有他的苦衷吧！」

「苦衷嗎？」說完，警部吹了一下小指指尖。「好吧！就算是故意造假的，那造假的人就是加奈江、健彥、直之先生三人當中的一位。這裡面直之先生有不在場證明，這麼說……」

「不是，不是我！」警部還沒說完，加奈江便哭著大叫，「我才不會做那種事呢！」

「我也不會。」健彥也說。

警部露出滿意的表情。

「如果是故意造假的，那兇手不是加奈江就是健彥，看來你們都不惜懷疑自己人啊！就連直之先生也有嫁禍於兄姊的嫌疑。這，你們有什麼看法？」

大夥啞口無言。蒼介滿臉是汗，緊閉著嘴巴，從喉嚨發出低嗚。

「總之，」警部說：「兇手就在你們之中，不管說什麼歪理都沒用。在這裡，我要勸兇手乖乖承認，這樣不但不會帶給大家麻煩，對以後的判決也比較有利。」

大夥鴉雀無聲。

現場一片緘默，證明大夥雖然反對兇手是內部人士的說法，但內心深處還是同意警部的話。

警部等了幾十秒。對我而言真是好長一段時間。

「我已經給了你機會，」說完警部一屁股坐在椅子上，「可是你卻無動於衷。再幾個鐘頭，你就會後悔。等我們全力偵查之後就能掌握事情的來龍去脈，你的沉默就不再會是金，我一定會把你揪出來。」

忽然之間，他表情又變得和緩地說：「請各位在這裡等一下。我很快就會抓到兇手的，再忍耐一下。」

接著他又露出兇狠的目光說：「要自首的話隨時歡迎，我的門為你開著。」

31

現場的氣氛像鉛一般沉重，沒人開口說話，大家幾乎是一動也不動地度過分分秒秒。此時若有不知情的人往裡偷窺，大概會誤以為這是一座蠟像館。

除我之外，其他人一定都在注意曜子和蒼介的動態，可能大夥都在想：不知道他們誰會出來自首？他們兩個應該也開始彼此猜疑了。

我則是留心其他搜查員警的動向。他們在搜查小林真穗的房間，我擔心他們可能會找到遺書。要是找到的話，所有的計畫就會泡湯了，我復仇的機會將永遠消失。想到這裡，我就越來越沉不住氣。

矢崎警部似乎蓄勢待發，準備展開攻勢。

首先是凶器。

「刺殺由香小姐的凶器的出處已經查出來了。」每當屬下來報告最新狀況時，警部都會像氣象預報似的，以輕鬆的語氣說明搜查進度。「浴池旁有個大倉庫，可能是以前一原高顯先生用過的，裡面放了很多舊的登山用具。經過我們調查，最近有人動過，放登山刀的刀鞘有一個空了。經過比對，那個刀鞘和被當作凶器的刀子剛好吻合。」

「那麼久以前的東西，現在還能用嗎？」直之立即開口問。

「應該還能用。」警部回答，「還有其他的登山刀，每把狀況都維持得很好。」

小林真穗為什麼要拿它作為凶器？或許想快點除掉由香，但找不著適當的凶器，而且也不能用廚房裡的東西。真不愧是多年的情人，還會記得高顯先生以前用過的登山用具。或許，真穗本人就是保養這些用具的負責人，所以事到如今都能保養得宜、毫無生鏽。這麼想來，她還滿可悲的。

出人意表的是，警部並未以此為由再度強調這凶器證明了凶案是內部人士所為，或許是覺得心知肚明，不需要再說了。就連一直反對兇手是內部人士的直之都低頭不語。

我開始焦躁不安。再不快點出手，我可能就要被逮捕了。看樣子，不用多久矢崎警部就會發現真相。即使現在採取行動展開復仇，也一定會遭到大批員警的制伏。

怎麼辦呢？

碰巧一位刑警走進來，他手裡拿著某些文件，往我這裡瞄了一眼。

我的直覺告訴自己：就是現在，不能坐以待斃。我站起身來，另一位年輕刑警很快地靠了過來。

「不好意思，可以上洗手間嗎？」我用哀求的眼神看著他，年輕刑警則望著矢崎警部。

「不能等一下嗎？」警部說：「等我看完這份資料。」

「可是……」

「有什麼關係？上個廁所而已啊！」直之幫我說話。「我們又不是囚犯。」

矢崎警部把下屬遞過來的資料拿在手裡，猶豫了一下子，後來總算答應了。

走出大廳，廚房旁邊有間廁所。我丟下看守的刑警，先把該做的事做好，然後在洗手台前檢查臉上的妝容。映入我眼簾的是一張早已看習慣的老臉。

這節骨眼可不能猶豫，我已經沒有退路——我對著鏡中的自己說。

「我想要吃藥，拜託你讓我喝個水。」

「好吧！快一點。」刑警不客氣地說。

我走進廚房拿杯子倒水，刑警則站在門口。還好我身上有帶止痛劑，先吃了再說。我用眼角餘光看到架子上的某個東西。如果跟以前一樣沒變的話，那架子上應該有個定時開關。現在的家電用品大都內建了定時器設計，其他地方或許已經看不到這種裝設在外面的定時器了。

「快一點。」刑警進來叫了一聲後就出去了。

我辦完事後走出廚房，緊緊地關上門。只有我知道自己的臉色驟變，然而這個菜鳥刑警卻完全沒注意到我的改變。

回到大廳，和我出去時一樣，大夥靜靜地等待著。矢崎警部兩眼盯著剛才年輕刑警拿來的資料，看到我回來稍微鬆了口氣，用手示意我趕快坐下。我坐回原位，空氣中充斥著詭譎的緊迫感。

「接下來……」警部自言自語著，再看了看大夥說：「毛髮的分析結果出來了。」

「毛髮？」曜子問：「又是毛髮啊？」

「對，還是毛髮。這次調查的，是從小林真穗被殺的大浴池裡所採集到的毛髮。首先，找到的都是女性的毛髮。除了小林真穗、由香小姐之外，還有另外三種毛髮。這三種毛髮的鑑定結果已經出爐，是加奈江小姐、藤森曜子小姐和一原紀代美小姐三位的。」

「為什麼知道是我的呢？」曜子咄咄逼人，「你們又沒檢驗過我的毛髮。」

「其實你們在這裡等待的時候，警方已經到各位的房間採集了大家的毛髮。」

「啊……」簡直就是侵害隱私權，曜子和加奈江一同瞪著警部。

「搞什麼啊？這有什麼好調查的嗎？」

蒼介臉上漾著詭笑說：「只不過是找到泡過湯的人的毛髮而已嘛！」

「那是什麼意思啊？」

「什麼意思……」

「還有，」警部低頭看著資料說：「我們在浴池四周、由香房間的周圍、還有大家吃飯的房間裡也採集了毛髮，結果……」

說到這裡，他伸直了背脊，鄭重其事地說：「昨天在由香房裡發現的奇怪毛髮又出現了。」

大夥都忍不住發出驚呼。

「所以入侵者還在囉！趁我們不注意的時候，在旅館裡面徘徊。」直之回神之後這麼說道。

「哎呀！很恐怖耶！」加奈江皺著臉，摩擦著兩手胳臂。

「這樣就下結論好像太早了點，」矢崎警部故意放慢速度對我們說：「因為那個奇怪的毛髮，是在大家吃飯的房間裡找到的。」

我完全了解他究竟想表達什麼，但我還是先做好了心理準備。我瞄了一下手錶，再過五分鐘就十二點了。

「吃飯的房間？怎麼可能！」蒼介越說越大聲，「你是說入侵者也進了那個房間嗎？」

「應該說，那奇怪毛髮的主人就在你們之中，這樣才對。」

「我們之中？」健彥以一副不可置信的表情看向我這邊，接著加奈江、蒼介、曜子也跟著看向我，只有直之一直看著警部。

「簡直胡說八道……本間夫人可是滿頭白髮耶！不是說那奇怪的毛髮是年輕女性的黑髮

嗎？」

「對，沒錯。可是我們繼續查證之後，發現了不可思議的事。」

警部從椅子上站起後說：「我們搜遍所有地方，都找不到某人的毛髮。其他人的毛髮，或多或少都找得到幾根，獨獨找不到最顯而易見的白髮。我就直說了，我們找不到本間夫人的頭髮。」

「這……或許只是巧合吧？」直之仍不鬆口。

我看著手錶，還有三分鐘。

「也許真的是碰巧沒找到，可是在『居之壹』房間裡找到的幾根黑髮，又該作何解釋呢？那些頭髮和那奇怪毛髮的特徵一模一樣。」

「不會吧……」直之無話可說，只好閉上嘴。

警部故意不看我的臉，開始緩緩踱步說：「根據鑑識結果顯示，這奇怪的毛髮裡面有幾根曾做過很強的脫色處理，又在上面染了很奇怪的顏色。這是怎麼回事呢？警方的鑑識人員是這麼推論，假設整頭頭髮都做這種處理的話，就會變成一頭銀髮。」

講到這裡，警部第一次正面地瞪視著我，大夥也都看著我。

「那白髮不是妳真的頭髮吧？」警部指著我的頭髮說：「那應該是假髮吧？妳曾經想把自己的頭髮染白。我真不懂，一般人都白髮染黑，妳為什麼相反？」

「該不會是有人要陷害本間夫人吧？」不知是哪來的使命感，直之還在替我辯護。他繼續說：「該不會是真兇想嫁禍給本間夫人吧？」

「那麼做沒有意義，只要檢驗頭髮就調查得出來。」警部盯著我回答，接著繼續說：「現在才說這種話或許有點晚了，不過當第一次和本間夫人碰面時，我就有一種奇怪的感覺，找不出具體的原因，總之很不像是和老年人相處。妳自己也發現了吧？妳犯了很大的錯誤，把茶道的表千家和裡千家弄錯了。另一個懷疑來自於我自己本身的經驗，其實家母是前橋人，但我從妳嘴裡卻完全聽不到那種特別的口音，真的連一點點感覺都沒有。」

我故意回過頭，其實是想看時鐘，設定的時間應該到了。

「本間夫人，哦，不對，妳，」矢崎警部往我靠近一步說：「妳到底是誰？」

我站起來，往後退一步，同時背後站著兩位刑警。

「我並不是說妳是兇手，可是，妳為什麼要這麼做？妳一定要說清楚，為什麼要化妝成本間菊代夫人溜進迴廊亭？到底為了什麼？」

我再往後退，後面有個刑警抓住我的手腕。矢崎警部一聲令下道：「拿掉她的假髮！」

正當另一位刑警伸手摸我的頭時，突然……

劇烈的爆炸聲把我震到半空中。

當我恢復意識時，周圍濃煙四起，我的身體則重重地摔到地板上。

我的策略成功了。進廚房時，我事先動了點手腳，利用定時器設定好時間讓線路短路，同時把瓦斯的開關打開。

附近有人呻吟。一看，旁邊的刑警被壓在吊燈下面，其他人則在散亂的桌椅之間掙扎。

「怎麼了？發生什麼事？」矢崎警部從沙發後面現身大叫。他的腳好像受傷了，站起來又跌了下去。

直之搖搖晃晃地站起來，額頭滿是鮮血。「大家快起來，快點逃出去，火快燒起來了。」聽到他的話，躺在地上的人紛紛坐起，只有蒼介倒在地上動也不動。

「振作點，哥！哥！」

「大家快去庭院，快！」警部一拐一拐地拖著腳指揮。

曜子、健彥、加奈江嚇得魂飛魄散，也照著指示開始往外移動。

突然一聲巨響，牆壁倒了下來，熊熊火焰從另一頭迅速往這邊竄燒。

另一邊，火焰已經蔓延到迴廊。和之前失火那天相反，這場火應該會從本館漸漸地將客房一間間地吞噬掉。

我緩緩地站了起來。我的胸口很痛，大概是肋骨斷了，但我管不了這些了，逕自往烈火熊熊的迴廊走去。

「本間夫人，不是那邊。」直之的聲音從我身後傳來。

「給我站住，想逃嗎？」

我也聽到矢崎警部的聲音，但他們都沒追過來。

我走在烈火當中。要往哪裡去？我自己也不知道。

走到一半，眼前出現一道黑影。我清楚知道那是誰，心裡非常高興，因為那是我現在最想見的人。

「在找我嗎？」我開口問。

對方不答，只一個勁兒地向我走來。

「要殺我嗎？」我說：「對不對？」

「嗯，是啊！」

二郎在烈火裡開口。

32

我倆互相凝視，不知過了幾秒，然後我往前踏了一步說：「我好想你呀！二郎。」說完我又搖頭道：「不對，你不是二郎。你真正的名字是弘美，黲澤弘美是你的本名吧？」

「妳的本名也是桐生枝梨子，對吧？」弘美似乎帶著笑意，「我現在才發現。也沒辦法，妳變裝了嘛！這個樣子應該沒人認得出來。」

我脫掉假髮。「我一直擔心會被你識破，幸好還來得及。」

「來得及報仇嗎？」

「嗯，對啊！」我回答。

他點點頭。

火越來越大，逼得我滿身大汗。

「不快點解決，連我的性命都難保了。縱火的人是妳嗎？」

「是啊！」

「多虧妳的幫忙，我正煩惱找不到遺書呢！真穗那傢伙，到底藏到哪去了啊？話說回來，那份遺書寫的是真的嗎？」

「除了我自殺以外都是真的。」

「原來如此。」弘美微微地笑了笑。「妳有什麼事想問我嗎？」

「太多了，不知該從何問起。」

「我想也是。」火焰照亮了弘美的笑容。隨後他向我招了招手說：「過來一點，火快要燒到那裡了。」

我遵從他的指示，隨後我原本站立的地方升起了一道火柱。

「我們去『居之壹』吧！火燒到那邊還要一陣子。」他抓起我的手，衝向迴廊。

啊！這隻手，的的確確就是二郎的手。

當我知道一切都是虛假時，是在醫院的病床上張開眼的時候。

出事那天晚上，我根本睡不著。我在等二郎——就是冒用里中二郎名字的黲澤弘美，他要來見高顯先生，但我更記憶猶新的是等他進我房間時的那種興奮感覺。

凌晨一點過後，他從玻璃窗戶進來。我們經歷了一番長吻，他問我一原高顯在哪裡？我回答他就在迴廊出去的下一間。

「現在就去嗎？」我問。

他搖頭。「等一下再去吧！被人看到就麻煩了，而且老實說我心裡還沒準備好。」

這時我心想，也對。

「妳的報告可以借我看嗎？」

「好啊！」

我從皮包裡取出資料交給他。之前在他面前敲著鍵盤撰寫的，就是這份資料。他瞄了一眼，說了聲「謝謝」，就把它擱在旁邊。

「緊張嗎？」我問。

「嗯，有點。」他回答，「可以關燈嗎？」

「好。」

關上燈後，我被他緊緊抱住，兩人倒在棉被上。

我尋找他的唇，但他並未如常般吻我，只是壓在我身上，突然抬起上半身。

「怎麼了？」

他沒回答。黑暗當中他模糊的臉孔，如同面具一般生硬而毫無表情。他伸出雙手環著我的頸。他嘴裡唸唸有詞，但我聽不見。我只知道下一刻便感到呼吸困難，接著感覺身體輕飄飄的。我的意識逐漸模糊，依稀只記得我看見一張醜陋歪斜的臉，二郎的臉。

當我恢復知覺時，已身陷一片火海。

我旁邊躺了個人，但我想那不是二郎。到底發生了什麼事，我當時已無法冷靜判斷，只是在現實與夢境中交錯著。

我在醫院裡醒過來時，還是一樣呈現恍惚狀態，只知道二郎和一位陌生男子想聯手謀害我。後來從報紙和護士們的嘴裡得知，躺在我身邊的年輕男子，才是真正的里中二郎，我心中所有的疑問這才解開了。痛苦的是等我全都弄清楚以後，還不能隨便告訴任何人。

二郎不是真正的里中二郎。由於某些緣故，這冒牌貨陰錯陽差地出現在我的眼前，然後他利用我，想辦法得到里中二郎的身分，最後再和真正的里中二郎企圖謀殺我。

經過一連串的事件，根據我的分析，這應該不是他一人所為。那晚住在迴廊亭的人當中，若沒有共犯，他逃出去後「居之壹」的玻璃窗戶就不應該會上鎖。一定是那個共犯和黲澤弘美聯手，企圖奪取高顯先生的財產。

所以，我變裝成老太婆，計畫找出那位共犯。若不解開共犯之謎，就無法實現我完美的復仇計畫。後來我在高顯先生的告別式上得知，二郎的真實身分是黲澤弘美，現在是律師的助理。

我真正想復仇的對象就是黲澤弘美。每當他出現在我眼前，我就幾乎要放棄揪出共犯的念頭，直接立刻衝上去殺了他。

我恨他入骨，因為他殺了二郎。

我心目中的二郎，就這樣殘酷地消失了。

我們到了「居之壹」，他便把我推倒在榻榻米上。他低頭看著我說：「我和二郎的處境很像，我們被丟掉的時間和地點都相同，就連在孤兒院住的房間也一樣，所以我可以想像，妳寫給我們的信的內容都一樣。如果我不知道自己的身分，應該也會和二郎一樣去見妳吧！只可惜我已經知道了，不久前，我真正的祖父就出現了。」

「可是你卻冒用里中二郎的名字來找我。」我說。

他笑了笑接著說：「當時，二郎正好騎機車去環島旅行，要我幫他看家，然後我發現妳也寄信給他。一開始覺得好玩，只是單純想惡作劇，才會假扮成他跟妳見面。後來我知道妳要找的人好像真的是二郎，當時還猶豫要不要再繼續偽裝下去，而且我想破了頭，也實在想不出繼續騙下去的方法。就在那時候，妳告訴我父親的名字，一原高顯，那一刻我就決定了，為了奪取一原家族的財產，我要賭一賭。不過坦白說，真正讓我下定決心的原因還有一個，就是這裡的女主人小林真穗，她也來找我。」

「為什麼是她？」

「女主人好像從一原那裡知道妳在幫他找兒子，所以一直監視著妳。她也知道我的事，還知道我是個冒牌貨，但她卻沒怪我，反而叫我繼續偽裝下去。那個女人很精明，如果順利繼承了一原的遺產後，她打算收我為養子。」

心甘情願長年躲在背後的真穗，到了最後還是背叛了高顯先生。

「與其說是偽裝，其實應該說是暫時假裝成里中二郎就可以了。最後一原先生的孩子會是黲澤弘美，你打算將原本的事實徹底湮滅。」

弘美點頭。「做法很簡單，只要把妳報告裡面的里中二郎的名字改成黲澤弘美就好了，然後再把妳房裡會引起麻煩的東西清掉。」

「最後再把我和真正的二郎殺掉。」

「還有一個人，」弘美笑著回答，「知道我真正身世的人，我也不能留他活口。」

「真正身世？」說完我才驚覺，「原來他們說那天晚上里中二郎壓死了一位老人……」

「就是我爺爺。」他面不改色，輕描淡寫地說：「告訴妳那天晚上的事吧！我聯絡二郎，說要和他在附近碰面。二郎騎車，我則是開他的車過來。當然，在那之前我已經先把我祖父撞死了。」

「然後你再把二郎殺了……」

「那天晚上，我跟他說他喜歡的作家會來這間旅館，於是我們就開始討論如何去拜訪那位作家。那傢伙喝掉摻了氰化鉀的咖啡之前，都還一直在想和作家見面時要說什麼話哩！」

我不禁搖頭，「不只這樣，你還勒了我的脖子，把里中二郎的屍體搬進來之後才溜出去。剩下的就是小林真穗的工作了，她關上窗戶、在房裡縱火。如此一來，一干人等就清潔溜溜了。」

「很高明吧？一石二鳥，甚至三鳥、四鳥。」
「之後你去了哪裡？」
「回我家囉！我想只要一原先生在妳房裡找到兒子的相關資料，早晚會來找我。」
「所以，高顯先生去找過你了？」
「對，他一個人直接到我住的公寓。」
「你們說了些什麼？」
「說了很多以前的事，大概談了一下孤兒院之類的。」
想起當時高顯先生的心情，我不禁心痛異常。他一定做夢都想不到，對方竟然是殺害自己親生兒子的兇手。
「他知道我沒有固定工作，就把我託給了古木律師。他也應該知道自己的時間不多了吧！」
「高顯先生過世，你很高興吧？」
「當然高興囉！他所有的財產都是我的了。我身上從來沒發生過什麼好事，把握這個天上掉下來的禮物應該不為過吧？這次的遺囑公開我可是期待了好久，結果我大老遠跑來，小林真穗卻跟我說她殺了由香。我簡直不敢相信，這搞不好會壞了我整個計畫，而且真穗還不知道把從由香那裡搶過來的遺書藏到哪裡去了。」
真穗應該認為那是威脅弘美的關鍵，才把遺書藏起來了。

「而且我比較在意的是還有別人想殺由香，原本想把所有的罪都嫁禍給他，沒想到……」他嘆了口氣，「竟然是妳。」

「要是我被警方逮捕，可就大事不妙了吧？」

我邊說邊靠近皮包，趁他不注意時伸手從皮包內袋摸出一個鐵瓶。

「我的計畫幾近完美，只有當時那個小失誤，」弘美直盯著我的臉說：「就是沒用藥毒死妳，而是用勒的。我做夢都沒想到妳會被救活。」

「為什麼你不用毒藥？」

「嗯，有很多原因囉！」他歪著那張加奈江大讚「俊美」的臉說：「最主要的原因，就是我常常想要勒妳的脖子。」

「常常？」

「就是抱著妳的時候啊！」他說：「為了一酬我的雄心壯志，我才忍受著抱妳，但說真的，我根本快受不了了。躺在床上的時候，我常想，要是能把妳勒死，不知道會有多爽快。」

聽了他的話，我的心完全被掏空了。我曾經以為，他也許或多或少都還對我有意思——我現在對自己這種不切實際的幻想感到極端的羞愧可恥。

二郎已經死了，我心目中的二郎完全消失了。

「哎呀！快來不及了。」弘美看了看四周，火焰已經蔓延到這個房間裡。他往前跨一步，手上不知何時已握著一把刀。

「你用刀刺我的話，看起來就不像是燒死的喔！」
「沒關係，他們會認為妳是自殺的。」
我把手繞到後面，抓起皮包裡的鐵瓶。這儼然是上天安排好的因緣巧合，我並沒有計畫到這一步，然而這結果卻是我夢寐以求的。
「來吧！」我朝他挺出我的胸膛，手則在背後悄悄將鐵瓶蓋打開。
「你刺我呀！殺了我啊！」
弘美表情扭曲，接著迅速衝向我。一股沉重的衝擊力道襲來，他刺中了我的右胸。我並不感覺痛，只覺得全身感到一陣麻痺。
我沒有倒下。我的右手緊抓住他不放，左手則將鐵瓶裡的東西倒在我倆身上。
一陣刺鼻的汽油味傳來。弘美又驚又恐，緊張地說：「妳在幹嘛？」
「我們一起死。」我兩手使盡全力，緊緊地抱住弘美，雖然他拚命地掙扎，但我就是不放手。我強忍到今天沒死，就是為了此時此刻。
「放手！放手！放手！」二郎吶喊著，聲嘶力竭地吶喊著。
啊！不要掙扎呀！二郎，我的二郎！
我的意識逐漸模糊，火焰在身邊竄起。
有人在呼喚我，但那聲音感覺好遙遠。
霎時眼前一片火紅，我們便陷入了白色的幽暗世界裡……

謎人俱樂部

歡迎加入**謎人俱樂部**！為了感謝您對皇冠出版的推理、驚悚小說的支持，我們特別規劃推出讀者回饋活動，您只要按照規定數量蒐集每本書書封後摺口上的印花（影印無效），貼在書內所附的專用兌換回函卡上，並詳填個人資料後寄回，便可免費兌換謎人俱樂部的專屬贈品！詳細辦法請參見詳細辦法請參見【謎人俱樂部】活動官網。

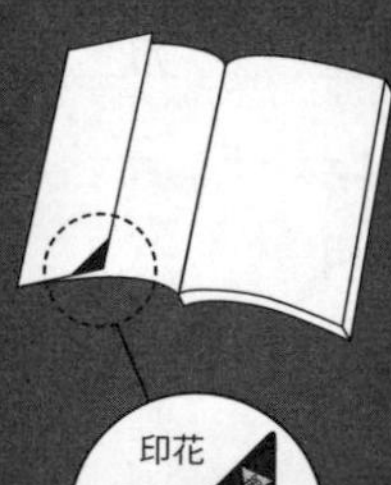

【謎人俱樂部】臉書粉絲團
www.facebook.com/mimibearclub

□集滿4個印花贈品（二款任選其一）：

A：【推理謎】LOGO皮質燙銀典藏書套一個
（黑色，25開本適用，限量1000個）

B：【推理謎】吉祥物『獨角獸』圖案皮質燙金典藏書套一個
（咖啡色，25開本適用，限量1000個）

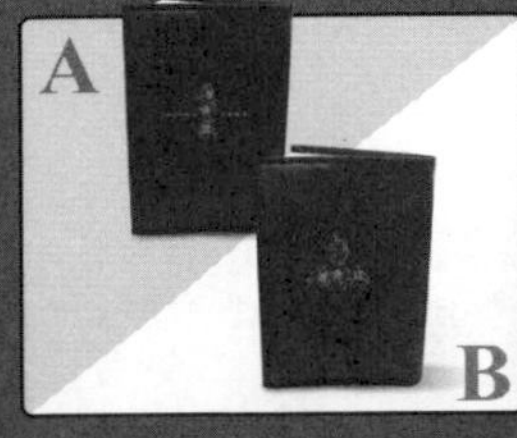

□集滿8個印花贈品（二款任選其一）：

C：【推理謎】LOGO皮質燙金證件名片夾一個
（紅色，11.5cm x 8.6cm，限量500個）

D：【推理謎】吉祥物『獨角獸』圖案環保購物袋一個
（米色，不織布材質，41.5cm x 38.6cm，限量1000個）

□集滿12個印花贈品（三款任選其一）：

E：【推理謎】LOGO不鏽鋼繩鑰匙圈一個
（限量500個）

F：【推理謎】吉祥物『獨角獸』圖案馬克杯一個
（白色，320cc容量，限量500個）

謎人俱樂部會不定期推出最新限量贈品提供兌換，
請密切注意活動官網和粉絲專頁。

【注意事項】
◎本活動僅限台灣地區讀者參加。
◎贈品兌換期限自即日起至2022年12月31日止（以郵戳為憑）。
◎贈品圖片僅供參考，所有贈品應以實物為準。
◎所有贈品數量有限，送完為止。如讀者欲兌換的贈品已送完，皇冠文化集團有權直接改換其他贈品，不另徵求同意和通知。贈品存量將定期在【謎人俱樂部】活動官網上公佈，請讀者在兌換前先行查閱或直接致電：（02）27168888分機114、303讀者服務部確認。
◎皇冠文化集團保留修改或取消謎人俱樂部活動辦法的權利。辦法如有更動，將隨時在【謎人俱樂部】活動官網上公佈。

國家圖書館出版品預行編目資料

迴廊亭殺人事件 / 東野圭吾 作 ;陳祖懿譯. --
初版. -- 臺北市：皇冠, 2009.02 面；公分. --
(皇冠叢書；第3831種 東野圭吾作品集；3)
譯自：回廊亭殺人事件
ISBN：978-957-33-2513-0 (平裝)

861.57 97025508

皇冠叢書第3831種
東野圭吾作品集 3

迴廊亭殺人事件

回廊亭殺人事件

作　　者—東野圭吾
譯　　者—陳祖懿
發 行 人—平雲
出版發行—皇冠文化出版有限公司
台北市敦化北路120巷50號
電話◎02-27168888
郵撥帳號◎15261516號
皇冠出版社(香港)有限公司
香港銅鑼灣道180號百樂商業中心
19字樓1903室
電話◎2529-1778　傳真◎2527-0904
印　　務—林佳燕
校　　對—黃素芬・余素維・張懿祥
著作完成日期—1991年
初版一刷日期—2009年02月
初版八刷日期—2021年10月
法律顧問—王惠光律師

讀者服務傳真專線◎02-27150507
電腦編號◎511016
ISBN◎978-957-33-2513-0
Printed in Taiwan
本書定價◎新台幣240元/港幣80元

謎人俱樂部贈品兌換卡

我要選擇以下贈品（須符合印花數量）：☐A ☐B ☐C ☐D ☐E ☐F

1	2	3	4
5	6	7	8
9	10	11	12

【個人資料蒐集、利用及處理同意條款】

您所填寫的個人資料，依個人資料保護法之規定，皇冠文化集團將對您的個人資料予以保密，並採取必要之安全措施以免資料外洩。您對於您的個人資料可隨時查詢、補充、更正，並得要求將您的個人資料刪除或停止使用。

本人同意皇冠文化集團得使用以下本人之個人資料建立該集團旗下各事業單位之讀者資料庫，做為寄送出版或活動相關資訊、相關廣告，以及與本人連繫之用。本人並同意皇冠文化集團可依據本人之個人資料做成讀者統計資料，在不涉及揭露本人之個人資料下，皇冠文化集團可就該統計資料進行合法地使用以及公布。

☐同意　☐不同意

我的基本資料

姓名：__________

出生：_____ 年 _____ 月 _____ 日　性別：☐男 ☐女

職業：☐學生 ☐軍公教 ☐工 ☐商 ☐服務業
☐家管 ☐自由業 ☐其他 __________

地址：☐☐☐☐☐ __________

電話：（家）__________　（公司）__________

手機：__________

e-mail：__________

我對【東野圭吾作品集】系列的建議：

寄件人：

地址：□□□□□

北區郵政管理局登
記證北台字1648號
免 貼 郵 票

〔限國內讀者使用〕

10547

台北市敦化北路120巷50號

皇冠文化出版有限公司　收